见证南方

『我与南方日报』的故事

南方日报社／编

南方日报出版社
NANFANG DAILY PRESS
中国·广州

图书在版编目（CIP）数据

见证南方：“我与南方日报”的故事 / 南方日报社编. -- 广州 ： 南方日报出版社，2019.10
ISBN 978-7-5491-2085-7

Ⅰ. ①见… Ⅱ. ①南… Ⅲ. ①中国文学－当代文学－作品综合集 Ⅳ. ①I217.1

中国版本图书馆 CIP 数据核字(2019)第 219762 号

JIANZHENG NANFANG
见证南方——“我与南方日报”的故事

编　　者：南方日报社
出版发行：南方日报出版社
地　　址：广州市广州大道中 289 号
出 版 人：周山丹
出版统筹：谭庭浩
责任编辑：刘志一　　陈　焱
责任技编：王　兰
责任校对：裴晓倩
装帧设计：肖晓文　　邓晓童
经　　销：全国新华书店
印　　刷：广州市岭美文化科技有限公司
开　　本：787mm×1092mm　1/16
印　　张：14
字　　数：220 千字
版　　次：2019 年 10 月第 1 版
印　　次：2019 年 10 月第 1 次印刷
定　　价：48.00 元

投稿热线：（020）87360640　读者热线：（020）87363865

更多征文内容，请关注南方号“我与南方”

序言 / 不忘初心　继续前进

□ 刘红兵

在这个秋高气爽、金桂飘香的时节，与共和国同龄的南方日报也迎来了70岁华诞。此时此刻，在我们面前打开的这本《见证南方——“我与南方日报”的故事》，正是这70年如歌岁月的缩影。

这是一份特殊的生日礼物，来自一代代南方报人、南方读者的共同回忆。“本报是中国共产党中央华南分局的机关报，也是华南人民意志的传达者。”穿越历史时空，《南方日报》70年前的发刊词依然掷地有声，激励着一代代南方报人时刻不忘初心、牢记使命，在广东改革发展的辉煌历程中留下令人难忘的奋斗身影。为了更好地重温这份“初心”和“使命”，我们发起了“见证70年——我与南方日报”征文活动，集成了现在这本《见证南方——“我与南方日报”的故事》。

无论我们走得多远，都不能忘记来时的路。打开《见证南方——“我与南方日报”的故事》，一个个亲切的名字跃入眼帘，一个个珍贵的历史瞬间仿佛历历在目，南方报人开天辟地、敢为人先的首创精神，坚定理想、百折不挠的奋斗精神，办报为公、忠诚为民的奉献精神，跃然纸上。

70年筚路蓝缕，多少艰苦奋斗；70年风雷激荡，多少壮志满怀。70年来，在历届省委的坚强领导和亲切关怀下，南方日报已从一叶扁舟成长为在全国具有重要影响力的传媒集团，和许多同行一起见证并创造了中国报业改革发展的成绩。

迎着新时代的阳光，中国正前所未有地走近国际舞台中央，中国声音越来越在全球各个角落激起阵阵回响和共鸣。作为中国的改革开放前沿，广东已奏响新时代奋斗篇章。在这样一个伟大的变革时代，正按照省委的决策部署大力推进媒体融合发展、建设新型主流媒体的南方报业，注定将是其中一段激越而跳动的音符。

南方报业的昨天已经成为历史，南方报业的今天正在我们手中创造。阅读这本共同回忆，重温这份“初心”和“使命”，必将使我们不忘初心、继续前进，创造南方报业更加美好的明天！

是为序。

（作者系南方报业传媒集团党委书记、管委会主任，南方日报社社长）

目录 CONTENTS

辑一 见证

《南方日报》是这样诞生的

□杨　奇（97 岁老人）

10 月，有许多值得纪念的日子。今年的 10 月，更加重要：10 月 1 日，是中华人民共和国成立 70 周年；10 月 23 日，是《南方日报》创刊 70 周年。

在这两个重大节日到来之前，现任南方报业传媒集团党委书记、南方日报社社长刘红兵同志，以及报社的相关领导，特意来到我家慰问，令我感到十分亲切。

作为南方日报退役老兵之一，70 年前参与创办《南方日报》的一幕幕往事，又一次呈现在眼前——

1949 年 10 月 1 日，北京 30 万人齐集天安门前，参加中华人民共和国开国大典。毛泽东主席庄严宣读了中央人民政府公告，朱德总司令检阅了陆海空三军，并颁布了人民解放军总部命令。随后，百万雄师继续挥兵南下，追歼国民党败军残部。1949 年 10 月 14 日，广州解放。

早在这一年 7 月，中共香港工委就给华商报党总支下达了一个任务，要求我们提交关于在广州解放后如何协助南下的新闻干部创办一份华南分局机关报的报告。这项任务是由中共广东区党委宣传部长、东江纵队秘书长、华商报负责人饶彰风同志向我布置的，并要求我执笔草拟办报方案。我当时是华商报的代总编辑。我们接受任务后，从思想上、组织上、物质上为华南分局机关报的诞生进行了充分准备。

同年9月中旬，我们接到中共中央华南分局的指示：一俟广州解放，《华商报》即行停刊，把全体干部职工送到广州，尽快创办《南方日报》。

当我们在香港接受任务筹备《南方日报》时，南下干部中的曾彦修也在赣州接受了参与创办《南方日报》的任务。据曾彦修回忆，中央宣传部、组织部调他南下过程中，叶剑英、方方找他谈话。叶剑英说："进城后的宣传工作，第一要抓的倒是报纸。你在根据地这么多年，去抓报纸比较适当。所以，要你先担任一个时期报纸的总编辑再说。"就这样，曾彦修接受了新的任务。他是在10月18日进入广州的。20日，当文教接管委员会接管了位于光复中路48号的国民党《中央日报》后，他和吴楚、曾艾荻、周宁霞四人也就随即进驻，着手筹办《南方日报》。

《华商报》在10月15日发表我写的《暂别了，亲爱的读者!》宣告停刊，全体职工安全撤离了香港。饶彰风和我处理完一些公务，也在20日到达广州这个重获新生的祖国南方大城。

当天，我们就赶往爱群大厦，向华南分局宣传部长萧向荣、副部长李凡夫报到。萧向荣传达了叶剑英、方方等同志的意见，说华南分局已任命饶彰风为华南分局统战部副部长兼南方日报社社长，杨奇为副社长，曾彦修为总编辑。

随后，饶彰风和我直奔报社，找到曾彦修、曾艾荻、吴楚等人。大家最后商定：广州解放已经六天了，《南方日报》必须在23日创刊。

当时编辑部有曾彦修挂帅，华商报原有的领导干部杜埃、华嘉、姚黎民以及潘朗等编辑、记者将会赶来；经理部方面，洪文开和财务、发行、广告、总务各科室的干部也将陆续到达。干部虽少，但还是可以开展工作的；令人担心的倒是排拼、印刷方面的人力物力。

国民党中央这家报社的设备，实在可怜得很。印刷车间仅有一台早该报废的残旧卷筒印报机，想利用它印刷《南方日报》根本不可能。当务之急，只能与附近的越华报社接洽，租用他们的卷筒机代印《南方日报》。

排拼车间的情况，却比印刷车间好得多。《中央日报》停刊时，国民党曾经强迫工人将平板印刷机、铅字和字架，搬到长堤天字码头，打算运到海南岛去；但是，还来不及搬离，人民解放军就进入广州了，全部物资得以保留。我到车间同工人们谈心，感谢他们保护报社的财产，进而讲解了党对留用人员的政策，还说明有一批香港华商报的工人马上到来，与他们一起工作。我特别讲了《南方日报》的性质和任务，并告诉他们已决定在10月23日创刊，平日出纸一大张，创刊号则出两大张，为此，请他们尽快浇铸新字，整理字架。工人们听得很认真，反应也很快。一位领班和两位工人先后表示："好，10月23日出报，没问题！""排8个版，我们办得到！""社长怎样讲，我们就怎样做。"

听到排拼工人响亮的承诺，我心里更踏实了。我把这些向曾彦修汇报后，他认为出报工作已就绪，各版的稿件也准备了，只是还差一件重要事情，那就是：毛泽东主席为《南方日报》题写的报头尚未到手。原来，叶剑英、方方从赣州进入广东时，曾致电仍在北京即将南下的张云逸，托他就近请毛主席为《南方日报》题写报头。10月13日，毛泽东立即写好，交叶子龙送给张云逸。可是，由于张云逸仍在途中，赶不上在创刊前送到。为此，我们请示了萧向荣，经叶剑英同意，由李凡夫写了个报头，暂时刊用。

《南方日报》创刊号经过21、22日两天的紧张工作，终于在23日天亮时印制出来了——广州市军管会登记第一号的《南方日报》创刊号诞生了！

当天的报纸除了有《广州市军管会成立》《广州警备司令部成立》等重要新闻外，特别令人瞩目的是那篇《新的中国，新的广东——本报发刊词》。这篇文章是曾彦修精心撰写的，字里行间充满着革命激情，他写道："广州解放了，中国最后的一个头等大城市解放了，国民党匪帮在中国大陆上最后的一个巢穴倾覆了。从此，中华人民共和国神圣庄严的国土，西起帕米尔高原，东至扬子江口，北起黑龙江，南到珠江口（除了少数地方人民解放军还来不及去的以外），都全部成为中国人民自己的土地了……

"今后的广东是永远属于人民自己的广东了，广东人民今后的长远任务，就是大力开展建设工作，在新的中华人民共和国中央人民政府的领导之下，大步前进，建设人民的新民主主义的新广东……"

这篇发刊词的最后一段，可以说是南方日报社同人的"宣言"：

"本报是中国共产党中央华南分局的机关报，也是华南人民意志的传达者；除了中国人民和华南人民的利益之外，我们没有别的利益……"

一切都是新的：新的中国，新的广东，新的报纸诞生了，人民群众新的生活也开始了。

…………

《南方日报》70 年，我亲眼看到她白手起家的创建时期、灾难重重的"文革"时期、勇于改革的发展时期，以及当今各项事业欣欣向荣的全盛时期，令我这个退役老兵不胜钦佩。

珠江后浪推前浪，"南方"新人胜旧人。我衷心祝愿南方报业传媒集团在新时代社会主义建设中不断取得新的成就！

（作者系《南方日报》创办人之一、第一任副社长。本文由南方日报社记者罗宝雯整理）

飞入寻常百姓家

——写在《南方日报》创刊70年

□刘　陶

时光飞逝，犹如白驹过隙，眨眼之间《南方日报》70岁了。

记忆犹新。1991年5月，当《南方日报》42岁的时候，广东省委把我安排到南方日报“一把手”的位子上。开始时叫作“总编辑”，四年之后的1995年，因为“改制”又被称为“社长”。

我心里非常明白：南方日报社并非衙门，《南方日报》是省委机关报，是党的“喉舌”，读者的知音，南方日报社是个标准的事业单位。她的领导人的称谓，总编辑也好，社长也罢，不是什么“官衔儿”，而是一种担责的符号。所以在日常生活中，同事们叫我“刘老总”“刘社长”时，自己总感到一种莫名的别扭，不如叫“老刘”听起来自在。形象地说，同物质生产部门一样，南方日报是一个精神生产单位——她的工作是每天“生产”报纸。如果有什么“官衔儿”可讲的话，其负责人充其量是个“生产队长”，是个“派工”的头儿罢了。

1992年春天，我提出了一个构思已久的口号：“让《南方日报》像春天的燕子飞入寻常百姓家！”其时，广东的改革大潮汹涌澎湃，报纸改革如火如荼。怎么样把机关报办得“上头”和“下头”都爱看、都满意，是面临的一个新的考验。“燕子”一说，得到了报社同人的支持与赞赏。我喜不自禁。因为在一个相当长的时期内，不少干部和群众把《南方日报》视为“卜佬报纸”（乡巴佬报纸），说她主要是面向农村，是办给农村干部和农民看的。这当然是一种片面的说法，也是一种极大的误解。《南方日报》作为广东省委机关报，她的“触角”所向，她的担当所在，理所当然地覆盖南粤广大城乡，覆盖广东数以千万计的人民群众。

为了让《南方日报》这只“燕子”矫健地飞翔起来，我和报社同人一起，做了许许多多应该做的工作。

那是先从扩版开刀，让《南方日报》大幅度地“增容”，使其从内容到形式多姿多彩，引人入胜。为达此目的，我们大家一致的意见，要开门扩版，不能闭门折腾。于是，1992 年 10 月，报社编委会把扩版计划，在《南方日报》上连续多日“广而告知”，请全省各级、各部门、各单位党委宣传部门的领导，各市（地）县（市、区）新闻秘书和广大读者，关心、关注和支持《南方日报》的扩版，为扩版献良策、提意见、绘蓝图。不到一个月时间，报社收到数以千计的信件，几乎异口同声地赞许扩版，表示愿为扩版鸣锣开道，逢山开路，遇水搭桥。那些日子，我的案头上不但堆积着一封又一封热情洋溢的来信，更有一次又一次鼓舞人心的来电。这使我们的扩版信心大增，看到了扩版的力量所在。

1993 年 1 月 1 日，运行了 40 多年对开 4 版的《南方日报》，一跃扩为对开 8 版；接着于 4 月 1 日又扩至对开 12 版，并且全天候出彩报。这些都得到了时任省委书记谢非的充分肯定。至此，《南方日报》成为全国省委机关报扩版的首个“吃螃蟹”的报纸。是时发行部门作出的统计显示，扩版后的《南方日报》，期发行量增加了 8 万份之多，突破了期发行量 82 万份的纪录。扩版后的《南方日报》，还保持了全国省、自治区、直辖市党委机关报发行量“十二连冠”。

我们深知，扩版是一种物质形态的展现，而“增容”才是内涵的充分显示。《南方日报》的扩版，不是一个简单版面数量的增加，而是她的内容增多增强增厚，适应多层次读者的需求——是深化报纸改革的突破口。体现在版面上，除了保持机关报的“指导性”和“权威性”，更要强烈地体现出“可读性”，让人“爱不释手”。为适应扩版后内容的需要，除原有的新闻版、国际时事版和文艺副刊版外，新设了一系列的专刊、专栏、专版，诸如《科学园地》《世界之窗》《畅游天下》《文化大观园》《女性世界》《每日文摘》《摄影欣赏》等。这些新设的专刊、专栏、专版，定期地向广大读者输送崭新的精神食粮。一时间，出现了城市报摊上读者自己掏钱买《南方日报》的喜人景象。

扩版得以成功，《南方日报》受到了读者的珍爱与热捧，尤其是新增加的专刊、专栏、专版，让读者喜爱有加。自此之后，我再到各地去采访时欣喜地看到：阳江市委招待所的女服务员把新增加的第五版后的《南方日报》锁进办公桌抽屉里加以珍藏，爱护备至；蕉岭县妇联的一位女干部把《女性世界》专版装订成册，经常从发黄的报纸中吸取“营养”；广之旅的一位耿姓导游，把每期的《畅游天下》都收到行囊之中，一有空闲就摊开阅读。连日本驻广州领事馆的外交官也告诉我，他们最喜欢看我们的《每日文摘》……

于是，我不禁感慨系之：看来，这只“燕子”不但飞入了寻常百姓家，还飞到国际友人的眼下了！

（作者系南方日报社原社长、高级编辑）

沐浴改革春风前行

——南方日报报业集团组建初期改革举要

□ 李孟昱

20 世纪末，我有幸担任南方日报社社长一职，倥偬几年间，最为铭佩而为之竭尽全力的一件事，就是组建南方日报报业集团。

那是 1998 年 5 月 18 日，南方日报报业集团上午 9 时举行挂牌仪式。隆重的仪式尚未开始，欣逢一场喜雨骤然而至。雨点像传送喜报的鼓点一般，欢快地敲击在人们喜悦的心头。开会时，掌声、欢呼声、锣鼓声，应和着雷声、风声、雨点声，集团大院就像在演奏着一曲铿锵激越、昂扬欢欣的交响乐，令人激动不已。然而，挂牌仪式一结束，大雨戛然而止，露出笑脸的太阳给集团的楼宇镀上了一片金色……报社同人都说："这真是一个好兆头啊！"

好兆头！这自然是人们良好的祝愿。但是，要使这"好兆头"得以延伸和实现，一圆报社集团化之梦想，必须脚踏实地做好每一件实事。当时，全国报业集团构建还处于摸索阶段，无先例可循。组建报业集团的目的，是要通过集团化的发展，增强党报的经济实力，扩大党报的影响力，确保党报在新闻宣传中的主导地位。这一点我们是非常明确的。但要通过何种途径进行集团化管理，真正按照市场经济规律，对管理体制、运行机制、资源配置，以及产业结构、所有制结构实行调整和改革，以形成规模效应，实现产业化经营，却是一个复杂而艰难的过程。当时，我们只能按照集团现有的条件和政策允许的范围，“摸着石头过河”，看准一件就做好一件，一步步积累经验。成立报业集团初期，我和社委会以及报社全体同人一起，在南方报业进行了如下几项探索性的改革：

——培育新的经济增长点。《南方都市报》由周报改为日报，虽是成立报业集团之前的部署，但她的腾飞，成为集团新的经济增长点，却是报业集团成立后的改革成果。两年四个月，即扭亏为盈。2003 年上缴给集团的年利润达 1.6 亿元，迅速成长为中国最有影响力的都市报之一。

——创办南方日报出版社。这是报业集团在产业结构调整方面的牛刀小试。

——创新体制机制创办《21 世纪经济报道》，第一年创刊，第二年盈利。这是报业集团在运行机制等方面改革的有益尝试。

——创办南方网。南方网组建初期是由省委宣传部牵头，但具体操作则由南方日报报业集团实施。南方网组建后，与当时北京的千龙网、上海的东方网，形成了全国新闻网站的“三足鼎立”，为集团迎接未来信息革命和媒体融合发展的挑战创造了有利条件。

——几代南方报人为之努力的新闻出版业务综合处理系统科研项目，取得决定性成果，并通过国家鉴定。此系统涵盖报纸采编、印刷出版、卫星传版、在线信息服务为一体的综合业务，在全国处于领先地位。南方报业从此告别了“铅与火”，迈进“光与电”的时代，集团也获得国家新闻出版署科学技术进步奖一等奖。

——在全国率先成功推行省委机关报自办发行。全省 90% 以上的乡镇可以看到当天出版的《南方日报》。发行时效、报纸覆盖面、发行费率均取得预期的良好效益，进一步推进了集团产业结构、运行机制、资源配置等方面改革的深入。

——引进竞争机制，改革人事制度，即在全集团实行全员竞争上岗。这项改革，使集团逐步建立了干部能上能下、能进能出，优秀人才脱颖而出的用人机制，不仅为集团培养、挖掘、聚集了大批优秀人才，还源源不断为国家输送了不少有用之才。

上述探索性改革虽然只是报业集团初期的初步举措，但在全国报业集团中已经是独树一帜。报纸发行量、经济效益、社会效益，以及党报的竞争力、影响力，均连年攀升。甫入新的世纪，南方日报报业集团就荣膺国家教育部评选的“新世纪中国大学生就业首选企业”五十强，北京大学企业管理案例研究中心评选的“中国最受尊敬企业”二十强，成为全国连璧上述五十强和二十强的唯一报业集团。

2005 年，南方日报报业集团更名为南方报业传媒集团。

（作者系南方日报社原社长、高级编辑）

勇气之源

□ 范以锦

那年，我受命担任南方日报梅县地区记者站站长。冬寒渐渐褪去，春天尚未到来，广袤大地的波诡云谲已预示着变革前夜的来临。我走进乡野，明显感觉山间地头躁动着不安分的身影。时维 1976，“四人帮”粉碎了，农民正变着法儿抵制僵化的体制，只是还未找到“尚方宝剑”。

1978 年 12 月 18 日，党的十一届三中全会如一声春雷震撼大地。在五天前的中央工作会议上，邓小平《解放思想，实事求是，团结一致向前看》的讲话被视为全会的基调，讲话涉及经营自主权。与土地厮守的农民醒悟了，奋起冲破体制束缚，维护耕作农田的自主权。

“我们祖祖辈辈务农，哪有怕农民不会种田的道理呢?”农民这番话引发我表达的冲动，呼吁遵循耕作规律，取消按“长官意志”下达种植计划的做法。分管农业报道的报社领导陈培签发在《南方日报》第一版见报。

叫好声中，惹恼了惠阳地区一公社书记，他给报社写告状信，痛斥我的“谬论”：现在农民很难管了，你范以锦还说不按“长官意志”办，你想干啥?

有人想不通，不足为怪。那年头，种什么不种什么，农民说了不算，生产队长说了也不算，而是县里统一规划，公社督办，大队干部抓落实。农民戏称只有三个人会种田：县委书记、公社书记、大队党支部书记。

有不同声音较劲，我反倒有点得意，似乎进入做新闻的另一种境界。不过，我在乎报社高层的态度。期盼中，我收到了表扬通报。南方日报社党委书记丁希凌对我说，报道抓住了当前农村要解决的问题，非常及时。

这是一种心灵契合，更是鞭策我远行的新起点。怀揣被点燃的新闻激情，我进乡村，过田庄，与农民拉家常，捕捉到了诸多不寻常的细节。

在梅县荷泗公社新荷大队鹁鸠塘生产队，村民王贤林坐在门槛上看《南方日报》的神情定格在我的视野中。他承包了果园，有人看到丰收了就想取消承包合同。于是，他订了《南方日报》，拿报上的观点与人辩论。我随即写下《万元户订报》一文，丁希凌亲自审稿，安排在《南方日报》第一版见报。

农历十五月正圆，我与梅县雁洋公社书记丘志中趁着明亮的月色在坑洼不平的乡道上转悠闲聊。“现在流行一种说法，上头政策像月亮，初一十五不一样。”丘志中抬头望望明月，矜持片刻又说：“三中全会开过了，但有人还是翻来覆去，把政策当儿戏。”农民自有应对的办法。这个公社的长教大队第一生产队，与作业组签订水稻包产合同时写明：“不管上面怎么说，合同一定要坚决兑现。”我写了《生产队里的“君子协定”》一文，陈培看后安排在《南方日报》上发表。

回馈耕耘者的收获季节终于来临。在五华县学少大队，实行“大包干”责任制后粮食大丰收，农民掩饰不住心中的喜悦，燃放鞭炮、敲锣打鼓交售征购粮。梅县地委决定“放宽政策”，全面推广“大包干”经验。陈培听了我的汇报后，要我用电报把稿件传回去，第二天《南方日报》头版头条显著刊登。然而，省里召开地、县、公社三级干部会议时，责难之声不绝于耳，“现在已够乱了，再放宽还得了?!”“《南方日报》跑不掉!”有人要“秋后算账”了！参会的丁希凌即席发言，理直气壮地回击。丁希凌还找到梅县地区负责会议简报的黄玉钊，将发言登在简报上。

寒风过后，又迎来了春暖花开的四月芳菲。1981 年 4 月，中共广东省委第一书记任仲夷到梅县地区调研来了，我是随行记者。任仲夷了解到学少大队以及整个五华县“大包干”的情况后连说三个“顺”：顺心——顺了农民心意；顺路——顺了社会主义之路；顺手——可以甩开膀子大干社会主义了。我写的《顺心、顺手、顺路》的通讯，在丁希凌、陈培的过问下，很快就在《南方日报》上发表出来。文章传达了任仲夷和省委对当前农村工作的基本看法，广东关于“大包干”的是是非非有了权威的结论，全省各地不留死角推行了“大包干”责任制。

40 年过去了，再次踏上曾让我刻骨铭心的乡土，但见山依旧是那山，已不见荒山秃岭，地还是那地，已不再贫瘠。凝眸流金溢彩的田野，回忆跌宕起伏的大转折时期的非凡岁月，我陷入了久久的沉思：为何农民有勇气为争得耕作自主权而积极抗争？为何报社领导丁希凌、陈培有勇气为维护农民权益的记者撑腰？为何任仲夷这样的高层领导能将农民的伟大实践予以推广？

沉思中，蓦然看见当年涂写在农家大院围墙上“解放思想，实事求是”思想路线的标语。这八个字闪耀的光芒没有随岁月流逝而黯淡，其折射出的思想精髓，不正是人们冲破思想禁锢的勇气之源吗?!

（作者系暨南大学新闻与传播学院院长、教授、博士生导师，南方日报社原社长、高级记者）

高度决定影响力

□ 杨兴锋

《南方日报》的报头下面，有这么一句话：高度决定影响力。那是我们在2002年开启新世纪以来第一次全新改版时，作为办报理念提出来的。

20世纪90年代以来，尤其是进入新世纪以后，随着市场类、都市类媒体的挤逼，网络新媒体的崛起，省级党报面临着严峻的挑战。新闻同行们都在苦苦思索：社会主义市场经济条件下办好党报的路子在哪？

2002年初，我担任南方日报总编辑后做的第一件事，就是成立了一个改版小组。这个小组在对《南方日报》的发展现状、存在问题、读者分布进行充分调查之后，拿出了一个全新改版的方案。我们认为，党报自身的优势在于权威性和公信力。这种优势来自主流新闻、权威发布和深度分析，来自政策传播、主流舆论和舆论监督。因此，我们必须明确定位，扬己所长，走差异化竞争之路，将《南方日报》办成一张权威政经大报、主流严肃大报，以大时政、大经济、大文化的报道思路经营新闻精品和品牌栏目，做大做强主流新闻，影响主流、高端读者，从而巩固和扩大党的舆论阵地。全新改版方案得到了范以锦社长的支持，报社领导班子成员也一致赞同。当年8月6日启动全新改版时，根据《南方日报》的新定位，我们提出了一个响亮的口号：高度决定影响力。

改版第一天，一位在党政机关工作多年的厅级干部兴奋地给我打来电话："你们改得好！"这一天，报社组织了1500名在读大学生与编辑记者一道上街收集读者反聩的信息。对广州地区两万名读者所作的调查结果表明：六成以上读者对改版后的《南方日报》表示肯定，其中很多读者不吝赞美之辞。

那么，怎样理解"高度决定影响力"？2002年11月在暨南大学承办的"新闻改革研讨会"上，我对它的内涵作过阐述：我们说"高度决定影响力"，就是在新闻信息的选择、处理上，有自己的高度，有自己的独特见解，发出自己权威的声音，才能对社会舆论产生引导和主导作用，才能产生更大的影响力。

改版的那些日子里，我经常在编辑部与同事们讨论：如何提供一个又一个"隆中对"，为读者的思考和判断拓展更有方向感的空间？刘备之所以能够"三分天下占其一"，是因为在听取了诸葛亮的"隆中对"后找到了正确的方向和答案。《南方日报》所追求的"高度"，就是要为社会各界人士提供大大小小的"隆中对"，成为他们手中必备的"智库"和"锦囊"。这就是"高度"，这就是"影响力"。

改版一年后，中国记协主办的《中华新闻报》在头版发表评论文章，阐述《南方日报》改版带来的启示。但我们并未就此停步。从2002年至2012年，我们十年中九次改版，无论是对版块结构的改造，还是向全媒体转型，"高度决定影响力"的办报理念始终贯彻其中。在采编创新方面，我们处理好新闻与引导的关系，唱响和弘扬主旋律；处理好高度与贴近的关系，增强报道可读性、吸引力；处理好速度与深度的关系，提升传播的核心竞争力；处理好正面宣传与舆论监督的关系，围绕中心推动工作改进；处理好"本地化"与"走出去"的关系，让影响力无处不在。

那几年，外省新闻单位纷纷前来取经。我对他们说，改版很艰难，但越是艰难越能展现出南方报人的担当精神和创新意识。每个夜晚，编辑部办公室都是灯火通明，同事们殚精竭虑，孜孜以求，既坚持正确的舆论导向，又遵循新闻传播规律，以增强公信力、唱响主旋律为己任，源源不断地推出体现南方高度的新闻精品。“非典”时期关于病原体之争，我们顶住压力报道广东专家的意见，为广东专家坚持治疗方案、取得抗击“非典”胜利提供了强大的舆论支持。此外，转型升级、接力救人、广东历史文化行，一个个系列报道唱响和弘扬主旋律；钟南山、赵广军、廖乐年，一个个人物典型报道感人至深；《广东亟需再来一次思想大解放》《论转轨》《再造珠三角的发展春天》，一篇篇宏论为主旋律谱上了理性的光彩；《广东江河水》《“双到”扶贫 AB 面》《企业注册磨难记》，一篇篇舆论监督报道引发正面效应；《时政南方眼》《南方经济圆桌》《文化视点》《南方调查》《热点话题》《南方深读》，一个个品牌栏目推陈出新；北京奥运会、上海世博会、广州亚运会、深圳大运会，战略合作媒体的身份和优质传播的成果，让人感叹“盛会有南方”。

十年磨一剑。十年九改，使《南方日报》跃上了新高度：品质不断提升，领导多次肯定，专家不时点赞，读者热情追捧，市场叫好叫座。发行量增加 20 多万份，高居全国省级党报榜首，广告收入从 8000 多万元增加到 3 亿多元，品牌价值从 20 亿元上升至 100 亿元，成为全国第一家品牌价值超百亿的省级党报。比这些数字更有价值的，是《南方日报》以自己的创新实践，交出了一份在社会主义市场经济条件下办好党报的南方答卷。

（作者系南方日报社原社长、高级编辑）

我与南方日报的“第一次”

□杨　健

南方日报对我来说既陌生又熟悉，既遥远又亲近。陌生是我仅在南方报业任职短短一年时间，一些部门还未走到，很多同事未及深谈；熟悉是来岭南工作后的近20年里，我与南方日报时有交集，工作中的许多“第一次”都与她密不可分。遥远是离开南方报业六年之久，身处境外，工作忙碌，较少有机会再回289号大院；亲近是我人在香港，心惦“南报”，一直对她默默关注、念念不忘、深深祝福……

第一次给《南方日报》写专稿。2001年，新世纪激荡新观念，珠三角正在酝酿一场打造软环境、争创新优势的大变革。当年8月，时任新华社广东分社社长的我与记者张朝祥、杨霞进行了一次历时一个月的调研，写出了三篇《珠江三角洲营造投资“新”环境》系列通讯。近一万字的稿件往哪里发？如果按惯例发新华社通稿，地方长稿的命运往往上得了天，落不了地。我对同事说，我们改变方式，向《南方日报》发一组专稿吧，《南方日报》是全国发行量最大的地方党报，覆盖面广，影响力大。他俩连说“好呀！”总社应我们的要求发了专稿，从9月5日开始，《南方日报》连续三天刊载完这组通讯。通讯引起较大反响，粤东粤西粤北的一些市甚至派出干部赴珠三角学习取经。尝到甜头的分社记者写专稿的热情更高了。

第一次接受南方日报记者采访。2002 年初，一个重磅消息传来，三年前曾震惊香港金融界和企业界、轰动国际资本市场的广东粤海公司债务重组，被《国际金融评论》评为 2001 年度“亚洲最佳重组交易”。我意识到这是一条“大鱼”，迅速带记者赵肖峰深入调研。经过近 20 天采访，我们撰写了长篇通讯《广东“粤海”涅槃重生》和评论，新华社于 3 月 2 日向全国播发通稿。3 月 3 日，正是全国“两会”首日，《南方日报》在头版头条位置全文刊发了这篇通讯和评论，引发代表委员热议。我恰好是第九届全国人大代表，立即成了记者追访的对象。南方日报“两会”记者丘剑华、戴远程和孙国英反应快速，不仅采访了我，还迅速采访了相关人大代表，第一时间发稿《人大代表热评“粤海重组”按国际惯例从 ABC 做起》，让我见识了南方日报记者的嗅觉灵敏、敬业认真。

第一次与南方日报记者合作。2003 年，一场突如其来的“非典”疫情袭击了广东。4 月 9 日，我接到时任中共中央总书记胡锦涛视察广东的采访任务，按上级要求除在新华社发通稿之外，由我和南方日报记者合作采写一篇长篇通讯供广东媒体采用。当晚见到了合作者——南方日报记者王垂林。接下来的一周多时间里，他让我看到了一个采访深入、作风干练、思路清晰的省报记者。我们分头采写，合作完成了长篇通讯《情系南粤万木春——胡锦涛总书记考察广东纪实》。通讯记录了在广东抗击“非典”从“遭遇战”“主动战”到打响“攻坚战”的关键时刻，中央领导亲临疫区考察的生动过程，体现了中央领导对战斗在抗击“非典”一线干部群众的殷殷关切之情。

第一次走进南方传媒大厦成为“南方报人”。兼任南方报业传媒集团党委书记（后又兼董事长），我毫无思想准备。2012 年 5 月上旬，我第一次走进南方传媒大厦 A 座 22 层的办公室。自此，几乎每周一半以上时间到报社办公，走访老领导问计，约谈新同事调研；深入子报子刊把脉，妥处经营管理风险；应对突发事件挑战，把正新闻舆论导向。印象很深的是当年12月参加了《南方日报》改版十周年研讨会，来自全国各地的党报总编辑、传媒学者等60余人，以《南方日报》改版为案例，交流省级党报的改革与发展经验。时任社长杨兴锋介绍了《南方日报》十年九次改版，实现采编、广告、发行、品牌全面提升的经验。我为《南方日报》的骄人成绩自豪，也有感而发：实践永无止境，创新永无止境，要清醒看到党报面临的机遇与挑战，进一步增强社会责任意识、服务大众意识、改革创新意识和现代传播意识，不断增强舆论引导的针对性和实效性。

第一次给《南方日报》投稿。来香港工作后，我有幸认识了国学大师饶宗颐、摄影大师陈复礼和音乐家费明仪等一批文化名人，他们年事已高，先后在几年时间里离世而去，令人扼腕叹息。我把与他们交往的难忘经历先后写成回忆文章，投往内地发表时，南方报业自然成了我的第一选择。其中《忆饶公》发表在《南方日报·海风》版，《用生命诠释艺术——怀念费明仪老师》发表在《南方都市报·人物》版，《我景慕的摄影家》发表在“南方+”。得知南方报业正在打造“南方+”客户端，是在香港与前来访问的时任社长莫高义交流的时候，而指导我在手机上下载“南方+”客户端的是新一任社长刘红兵，从此我能随时随地地了解广东新闻、关注南方报业。前不久获悉，经过几年的发展，“南方+”客户端已建成集APP、手机站、小程序、数字报、两微于一体的移动媒体矩阵，覆盖6000万下载用户，传播力连续三年稳居全国省级党报客户端首位。对此，作为曾经的南方报人，我尤感骄傲。

第一次接到《南方日报》约稿。南方日报70周年社庆约稿，我应该给报社的同事们写点什么？应该给历经70年沧桑岁月，与国家同呼吸共命运的《南方日报》留下什么话？此时，香港正在发生震惊世界的修例风波，暴力事件不断，乱港行为不止，特区正面临关乎前途命运的“生死战”“保卫战”。这场风波的出现是香港小气候和国际大气候综合作用的结果，是香港反对派和激进势力“逢中必反”的结果，也缘于部分媒体的不辨是非、不讲原则、以偏概全，个别媒体甚至掩盖事实、栽赃警察、煽风点火、推波助澜。媒体影响巨大，媒体责重如山，关乎一地乃至一国的繁荣稳定、前途命运。作为一家地处改革开放前沿、引媒体改革风气之先的报业集团，我真诚地希望，我们的媒体在任何时候任何风浪面前都能做到：既勇立潮头，又站稳脚跟；既情牵百姓疾苦为民鼓呼，又胸怀社会责任心忧家国；既敢于针砭时弊抑恶扬善讲真话，又善于成风化人凝心聚力护大局；倡导科学、依法和具建设性的舆论监督，拒绝轻率、浮躁和脱离国情的极端主张，始终做维护法治守护安宁的稳定阀、推动改革促进发展的加速器。我坚信，与新中国同行的《南方日报》正是这样一个有责任、有担当、有高度有影响力的主流媒体。

暑退秋至，金风送爽。祈愿再与《南方日报》发生无数个“第一次”，与南方报人同成长、同进步、同喜忧，一起迈向打造百年大报新征程。

恭喜《南方日报》，祝福南方报人。

（作者系中央人民政府驻香港特别行政区联络办公室副主任，曾任南方报业传媒集团党委书记、管委会主任）

重磅系列报道“双城会”推出前后

□ 张东明

将时针倒拨回六年前，讲一个南方日报平凡而又重要的日常工作片段。

2013 年全国“两会”之后，南方日报的一项新任务，是落实好在全国“两会”接近尾声之际，省委主要领导同志来新闻单位驻地慰问时对南方日报提出的新要求，即进一步宣传好十八大精神和习近平总书记视察广东重要讲话精神，宣传好全国“两会”精神，动员全省人民为实现“三个定位、两个率先”而奋斗。在省领导慰问过程中，我汇报了南方日报和集团各媒体报道全国“两会”的基本情况。省委主要领导对南方日报坚持正确舆论导向，有声有色地报道大会进程，转作风改文风，注意展示基层代表委员风采，认真做好创新品质传播、强化议题传播、深化全媒体传播“三个传播”所取得的成效给予充分肯定，指出南方日报“导向正确、内容丰富、形式多样，报道很精彩!”赴京报道团队和后方编辑为之深受鼓舞。

回到驻地，我即与来京同事作了初步讨论。从北京回来后，我多次召开编委会深入研究，要求围绕省委工作部署，坚持正确导向，在高度上定位，在深度上挖掘，进一步做好“三个传播”，在主题报道和内容把握上思路要新，在报道形式和呈现上方式要新，在报道的社会影响上实际效果要新；并动员各部门深入讨论，最终形成了《把握“三个定位” 实现“两个率先”》系列报道方案，其中一个重要组成部分就是推出重磅系列报道“双城会”。

在思维火花碰撞过程中，时任编委、经济新闻部主任郭亦乐提出“双城会”系列报道设想，我眼前为之一亮，要求群策群力予以完善。从最终形成的执行方案看，其创新点就是将广东城市、区域经济发展问题放在全国的坐标中来观察，选择一批有代表性的广东城市，与全国其他地区同类城市对比，既说发展成就，也直面问题，同时借鉴他人经验，突出建设性，并运用全媒体报道方式，扩大报道覆盖面、影响力，以引发全省干部群众深入思考，落实习近平总书记视察广东重要讲话精神和省委部署，努力破解区域协调发展难题。

随后报社组织精兵强将，投入紧张而高效的采写工作之中，足迹遍及京津冀、长三角、中原腹地和广东周边地区。4 月 15 日，《南方日报》推出“双城会”首篇报道《广州 VS 天津 南北兄弟间的“第三城”之争》，立即引起强烈反响。随后“深圳 VS 香港”“佛山 VS 无锡”“惠州 VS 南通”“东莞 VS 苏州”“汕头 VS 厦门”“韶关 VS 徐州”“河源 VS 赣州”“梅州 VS 龙岩”“湛江 VS 北海”“云浮 VS 梧州”等地级以上市，以及县级的“乐昌 VS 宜章”等 15 篇报道相继刊出，通过“双城的比较”，“真切地认识到自身的长处与不足”，“让一座座城市跳出熟悉的路径，重新调校坐标”。

在“双城会”报道形成广泛影响的基础上，在网络上策划推出“南粤十问”、“双城”建言问政及网络围观会等活动，推动话题持续发酵；在微博、网络上公开征集意见建议，集中网友智慧；再借助南方网络问政平台，针对问政话题，以“求解答”方式邀请各地市政府一把手来深入答问。这些措施与《南方日报》的报道相互联动，相得益彰。

7 月 4 日，“双城会”推出总结篇《时代之问：今天，我们拿什么来实现“两个率先”》。省委主要领导当即作出批示，对“双城会”系列报道给予充分肯定，并要求结集出版，发省、市各部门参阅。7 月 12 日，集团召开党委会认为，省委主要领导的高度肯定，是对南方日报坚持正确导向，以创新的方式做好主旋律报道、服务于省委省政府工作大局的鼓励和肯定，是对南方报业传媒集团围绕中心、精心策划好重大主题报道的鞭策和期许，使全体南方报人深受鼓舞和激励。

“双城会”系列报道虽只是南方日报的一个工作片段，但也是南方日报工作职责、使命感和社会影响的一个折射，是队伍战斗力、创新能力和精神风貌的一个缩影。它说明，作为省委机关报就要有与党中央和省委在政治上思想上行动上保持高度一致的政治意识和大局意识，坚持正确导向，并以高度的自觉持续提高主题宣传创新能力、议题设置能力和复合传播能力。这组报道通过对热点话题有针对性的关注，有高度，接地气，并充分依靠集团全媒体传播矩阵，形成复合传播力，在相当大的范围里集中了全社会对区域发展的注意力。如果说报道构筑了一个个平台，那么只有坚持正确导向和不断创新，才能吸引越来越多的人汇聚于这些平台之上，持之以恒，最终形成推动社会进步的良好态势和力量。这就是省委机关报所彰显的历史使命、魅力和价值所在。

（作者系南方日报社原社长、高级编辑）

风起南方

□ 王垂林

岁月匆匆。复旦毕业到南方日报的情景还历历在目，干一辈子新闻的打算却戛然而止。去年8月8日惜别广州大道中289号，我忍不住发圈表白："289大院28年，南方给我太多，我给南方太少……"别来一年，我每天看《南方日报》，有时是在"南方+"客户端上，也习惯打开报纸版面浏览。

上一次分别是2009年，我被选派到新加坡学习一年，在电脑上读报亦是日课。暑假回国写论文，报社正在筹划创刊60周年特刊，激荡在我脑海中的，是1949年10月23日《南方日报》发刊词《新的中国，新的广东》，于是向老杨（杨兴锋社长）建议，写一篇《新的世界，新的南方》。我在新加坡读到这篇社论时不禁拍案叫好。"除了中国人民和华南人民的利益之外，我们没有别的利益。"社论开篇引用发刊词中这句名言，刚届而立之年的主笔周虎城老辣奔放，完成了一次思接六十载的传递和嬗变。

《南方日报》在省级党报中走在前列，既有精神的代代相传，也得益于手把手的"匠人传艺"。回想入职初期我在肇庆记者站工作的四年，报社的"大神"，从总编辑刘陶到部主任林凤翥、谭立谋、陈镇宏、范任仁、岑祖谋、林金来等，都到过肇庆带我采访写稿、指导报纸发行，至于点题改稿的主任老记老编那就不知凡几了。分管记者站的副总编辑吴彩章既严格又慈爱，在我无稿见报着急掉泪的时候，他笑着安慰："好记者没有三年是出不来的。"那时老杨是编委兼要闻部主任，我第一篇获奖作品《流星，光芒四射》就是他指导完成的，也是老杨让我确立了严苛的写稿标准："重要稿件要改到编辑也改不了，最好从交稿到见报一字不改。"三年多时间，我成为报社最年轻的记者站长。

高标准、严要求，求创新、重实绩。南方报人就是在这样的一次次磨砺中由合格而优秀而卓越，我也在一次次耳濡目染传帮带中由热爱而职业而专业。

在历史拐弯处眺望方向，在莫衷一是时力排众议，在众声喧哗中冷静发声；政策解读深入浅出，典型报道生动立体，批评报道登上头条；为改革开放鼓与呼，为弱势群体鸣不平，为公平正义歌与唱……我们的标准很简单：什么是真的？什么是对的？什么是好的？只要有利于党的事业、国家的前途、人民的利益，就是我们的追求。

人民至上、家国大爱，是《南方日报》的使命和根脉。

敢为人先、追求卓越，是南方报人的气质和情怀。

2002年老杨就任总编辑之后，在老范（范以锦社长）放手支持下，以"高度决定影响力"为办报理念展开《南方日报》全新改版，每次改版都提出一个有针对性的市场推广口号。2007年我提出用"风起南方，领跑中国"作为新的口号。市场总监柳剑能执笔的报告条分缕析，理据充分，得到运营委员会一致支持。响亮的口号先声夺人，《南方日报》影响力和竞争力与日俱增，在中国最具价值品牌榜上的排名也年年攀升。

广东地处改革开放前沿，是世界观察中国的窗口，每当"改革开放向何处去"成为话题，人们总是把目光投向南方。2011年底，在小平南方谈话20周年即将到来的时候，我们一直在讨论：用什么来表达广东人对改革开放的态度、感情和想法？时任副总编辑的我提出策划一组纪念小平南方谈话20周年特别报道，名字就叫“风起南方”。时政部记者陈枫自告奋勇，以“小朋友”身份讨来了曾任深圳市委书记的省委吴南生老书记题的题名。

老杨拍板由我和陈广腾、胡键组建跨部门团队执行。报道选择在2012年1月18日，小平同志开启南方视察的纪念日隆重推出。开篇政论通讯《风起南方——写在小平南方谈话20周年之际》由我构思主笔，当时32岁的首席记者兼机动部主任胡键和记者陈小瑾几天就拿出了初稿，我反复打磨定稿，并加了编者按，点明报道目的在于“凝聚改革共识，坚定开放信心，为党的十八大、省十一次党代会的胜利召开营造良好的舆论氛围”。配发署名为“岳音”的长篇评论《改革：我们要搞快一点》，题目借用了小平的嘱咐“你们要搞快一点”。

报道持续一个多月，其中“高端访谈”云集周瑞金、成思危、李君如、高尚全、迟福林、郑永年等改革理论家，“亲历者口述”专访李灏、梁广大、黎子流、陈开枝等亲历小平南方视察的老同志，引发了强烈共鸣。老杨和时任省文化厅厅长方健宏一拍即合，共同主办“风起南方——纪念小平南方谈话20周年图片展”，于2月21日（小平南方视察结束的日子）在省博物馆开幕，李灏、梁广大、黎子流、陈开枝四位老同志应邀出席，纪念活动画上圆满的句号。

2012年11月党的十八大召开，12月7日至11日，习近平总书记首次离京视察，选择重走小平南方视察路，先后到深圳、珠海、佛山、广州调研。他表示，这次调研之所以到广东来，就是要到在我国改革开放中得风气之先的地方，现场回顾我国改革开放的历史进程，将改革开放继续推向前进。习近平在深圳莲花山公园向小平铜像敬献花篮，欧广源、李灏、梁广大、陈开枝等围在总书记身边，畅说当年陪同小平南方视察的难忘情景。守在电视机前看到这一幕，想起“风起南方”活动的酸甜苦辣，我们开心地笑了……

吹动小平衣襟的，是南方的风。

鼓起我们豪情的，是南方的风。

时代之问，广东之答，南方之笔。记录时代进程，推动社会进步，这是媒体人之责，这是南方报人之幸。

七十载岁月峥嵘，七十载南方风来。

祝福南方，南方的风，将温暖此生……

附：读《见证南方》诸先生忆旧有得

老骥欣回首，南方七十春。
铁肩担道义，妙手写初心。
报网开风气，端微领创新。
转型鼙鼓急，喜看后来人。

（作者系珠江电影集团党委书记、董事长，曾任南方日报社副总编辑、南方报业传媒集团有限公司总经理）

胶粮之争折射时代之变

□ 黄镜棠

往事并非如烟，本人从事新闻采访 38 年，总有一些事难以忘怀。

1979 年，打倒“四人帮”已经 3 年了，但极“左”流毒远未肃清。海南，这个我国难得的热带亚热带宝岛，是发展天然橡胶的宝地。但当地长期以备战为由，把“以粮为纲”变为“以粮唯一”，在农业布局上左右摇摆，一些地方甚至出现砍橡胶树种粮食的情况。

海南是应该发展橡胶还是继续种粮？当时各方争论不休。为了求得真实答案，当年 8 月，作为南方日报记者，我随广东省农垦总局副局长王维等，用一个月时间跑遍了全岛所有国营农场。回来后我执笔写成了一份《情况反映》，上报广东省委和新华社、人民日报。

我在《情况反映》上写：橡胶是重要的工业原料和军事战略物资，工业发达国家使用钢铁和橡胶的大致比例是每 100 吨钢铁需干胶 1.5 吨。如果没橡胶，飞机飞不上天，坦克开不动。为了节省外汇，为了适应今后国家现代化需要，更主要的是从战略意义考虑，加速我省橡胶生产基地的建设，实在是刻不容缓的事情。然而，令人不安的是，高速发展我国橡胶事业的重要意义，至今没有引起有关方面的足够重视，周恩来总理生前要求海南岛要发展 600 万亩橡胶，如今只完成了一半。中国虽大，但像海南这样适宜发展橡胶的地方却不多。为什么别的热带亚热带国家，宁愿进口粮食也要利用本地有限的自然资源发展橡胶，而我们却放着宝地不利用，捧着“金碗”要饭吃？

《情况反映》发出不久，海南胶粮布局之争立即引起有关方面的高度重视，人民日报专门派了两位记者南下对此事进行调查。1980 年 2 月 3 日，该报在第三版以三分之一版篇幅，以《让海南岛为“四化”充分发挥热力》为题目，发表了我的《情况反映》，并加了编者按：“黄镜棠同志是南方日报记者，他因职业上的接触，多年来深为海南岛未能发挥种植橡胶的潜力而惋惜和焦虑，我们接到他的来信后，特地前往采访。他所反映的意见，不只是他职业上的感受，也代表了广东人民，特别是海南人民的心声……”此后不久，国务院专门就海南的农业布局问题在当地召开了现场会，就海南的橡胶生产作出了部署。

海南的胶粮之争折射出时代的改变。一切从实际出发，实事求是的作风又回来了。作为一个省委机关报的记者，看到自己的报道能为国家发展贡献一点微薄之力，也感到非常欣慰。

（作者系南方日报社原副总编辑，曾任羊城晚报社副总编辑）

三十年的四个瞬间

□ 孙爱群

2014 年 11 月 8 日中国记者节，我喜获“从事新闻工作三十年”大红荣誉证书和金灿灿的奖章，惊喜之余感慨万分！我在南方奋斗三十春秋矣，信仰与忠诚，信念与追求，理想与奋斗，在时光的长河里流淌、闪烁……掬几朵浪花，撷几个瞬间，将所寓、所思、所悟，与诸君分享——

之一：北京，全国“两会”，“争创一流”的南方报人。

1993、1994 年，我作为南方日报特派北京记者组长，带领采编、技术团队赴京采访全国“两会”。社领导刘陶、杨兴锋作出征前动员：我们派出一流团队，定当争创一流业绩！不经意间，南方团队创造了两个第一：地方媒体第一次组织采访团队采访全国“两会”，南方日报成为地方媒体报道全国“两会”的标杆；第一次组织技术团队上京，实现远程编辑、远程传输发稿，南方日报在互联网时代走在最前列。

从此，一发不可收，我与全国“两会”深深结缘，深度参与每年全国“两会”的组织报道和编辑策划，不断锤炼组织策划战役性特别报道的功力。2015 年至 2018 年，我以羊晚集团副总编辑的身份，连年率集团全媒体采编团队，浩浩荡荡奔赴京华，报道全国“两会”和党的十九大。此时组织策划重大特别报道，经验丰富，得心应手，得益于彼时在南方锻打锤炼的真功夫。

之二：南方 289 大院要闻中心，时任广东省委书记汪洋在南方日报签发“改正付型”，南方日报甲子社庆再启新辉煌。

2002 年 8 月 6 日，《南方日报》以“高度决定影响力”为全新理念，开启新世纪创新改版的创业征程。在杨兴锋社长、王春芙总编辑的直接领导和指导下，我全程参与十年九次改版的组织策划并主持夜班核心编务。那是怎样的一段激情燃烧的岁月呵！犹记甲子社庆当年，汪洋考察南方日报时的谆谆教诲；在要闻中心，汪洋欣然应允，大笔一挥“改正付型”，签发 2009 年 10 月 23 日出版的《南方日报》，此情此景，历历在目。

一向守正有余创新不足的我，就在那段创新创业的岁月里，播下了创新开拓的种子，在随后的岁月里发芽、怒放、结下硕果。2014 年 6 月 29 日调羊晚任职以来，我将在省委机关报练就的严谨作风、“高度决定影响力”孕育的创新精神，与羊城晚报薪火相传的优良传统作风、岭南名报的人文情怀融为一体，带领采编团队树牢“四个意识”，在那一方文化传播、创意产业的沃土之上，兴奋地、不知疲倦地奔跑、耕耘。

之三：南方报业传媒大厦，与《星岛日报》（海外版）签约合作创办《南粤侨情》，《南方日报》走向世界。

2010 年 4 月 1 日，南方号《今日广东》借船扬帆出海，宣告《南方日报》（海外版）诞生了！2010 年金秋时节，在南方、星岛两大集团领导杨兴锋、詹瑞庆的策动和见证下，我与《星岛日报》（海外版）总编辑邝景廉签署协议书，合作创办《南粤侨情》新闻专版，《南方日报》（海外版）从起初只覆盖美欧几个国家，迅速拓展覆盖全球各大洲 100 多个华侨华人热居城市。时任省委宣传部副部长、外宣办主任莫高义高瞻远瞩，给予强有力的支持，有力推动广东加强国际传播力建设。此后连续多年，南方报业报送的国际传播作品，揽下中国新闻奖国际传播一、二、三等奖。

凭借创办《南方日报》（海外版）积累的经验和人脉，我自告奋勇担当起羊城晚报国际传播领军人重任。依托“羊城晚报”这个驰名海内外的文化品牌，奋力开拓，发起成立“Young 海内外名媒大联盟”，强有力地推动该联盟迅速发展成为海内外 230 家知名媒体加盟的全球性传播大平台，成功策划组织“走进‘一带一路’全媒体海外行”“首届（2018）港澳青年创新创业南粤行”等五次大型的国际传播、文化交流活动。

之四：地球村，掌里指尖“群里爱你”，联结巴西世界杯赛场与本报编辑总部，快步闯入媒体融合时代。

2014 年夏天，火辣辣的巴西世界杯点燃世人的桑巴激情，我带领南方日报采编团队，全情投入战斗。那时，微信聊天群兴起，我们拉起名为“通向世界杯”工作群，深夜观战、分析战况、点题点评，掌里指尖，日月乾坤，惊喜地感受“地球工作村，万里无牵挂”之快感。一个大叔，一班帅哥美女，为读者、为网友，晨昏颠倒、日夜奋战。

在同事们的提议下，我唯一一次使用“群里爱你”的微信笔名，用于内部点题点评。每天深夜即兴胡诌的几句精辣点评，至今读来仍感慨不已、回味无穷。那时，我们的读者朋友天天追看特派巴西记者朱小龙、彭博和总部记者梁燕、王芳的精彩报道，“群里爱你”随之品评点赞：“战场一对好兄弟，两支健笔扫千军。”“两大女侠运筹帷幄，决胜千里；一支纤纤笔，浓浓见硝烟。”

微信忘情桑巴，这场惊喜持续至今。正是从那时起，我快步闯入了媒体融合时代，在随后 5 年来事业上的创新、开拓、发展，点点滴滴、一枝一叶，都情关微信，一切灵感来自那场微信与桑巴之约。这种独特的历练和感悟，源自南方 289 大院这一方创新创业的热土。

从 1984 年当实习生至今，我与南方日报结缘整整 35 年了，浓浓的南方情结化不开。无论走到哪，走了有多远，我都不忘来路，牢记养育之恩。南方啊，你就是我永远的心灵故乡！

（作者系羊城晚报报业集团管委会副主任、羊城晚报社副总编辑，曾任南方报业传媒集团管委会委员、南方日报社社委）

三次转型亲历记

□ 张俊华

2001 年，我从南方日报河源记者站长的位置回到集团总部，从采编转入经营，从意气风发的“无冕之王”，转变为操心发行、广告、财务等“柴米油盐”的“小掌柜”。

这 18 年来，我经历了集团三次重大的转型，每一次转型都是集团发展的重要节点。这三个节点，对我个人的职业生涯，对集团的发展，都有着特殊的意义。

一

2001 年，我回到报社发行公司。现实比我想象的要“骨感”得多，《南方日报》发行量在全国省委机关报中获十几连冠，但是在核心城市的发行量，却远远无法与《南方日报》作为省委机关报的地位相匹配。

1998 年，南方日报自办发行，全省网络基本建成，报纸征订、投递主动权从邮局回到我们手里，但发行结构没变，在粤北山区和其他非珠三角地区发行量尚可，但在广州和深圳这两个区域的政治、经济、文化中心城市的覆盖量却很不理想，有人戏称《南方日报》为“卜佬报”（乡巴佬报纸）。

我的任务是打破这个困局，让更多有影响力的人能看到她的高度。

当时的广州报业市场，广州日报、南方都市报、羊城晚报“三马战犹酣”。接管《南方日报》广州、深圳地区发行工作后，我们选择在广州亮剑，正面出击。借助《南方日报》全新改版的春风，从2002年8月7日起，两个月内完成广州市内8区发行网络重建和人员招聘，3个月后的大征订，广州总发行量提升到5万多份，之后逐年上升，至今稳定在近10万份。

我们在广州打赢翻身仗后，《南方日报》在深圳、东莞、珠海、汕头、惠州、佛山等中心城市的发行量节节上升，在深圳从最低的6000份升到现在近6万份，珠海和汕头发行量也都实现翻番。南方日报由自办发行提升到自主发行——实现征订、投递、发行布局及网络运营等全方位的“当家作主”，为以后的改版、改革和媒体经营的顺利推进打下了厚实的基础。

二

我职业生涯的第二次转型，是从发行到广告。把版面卖给别人，比把报纸卖给别人更艰难。

“《南方日报》也是有很大广告市场的。”这句话今天大家都认同，但放在十几年前，是大受质疑的。其时，都市报、城市类报纸步步进逼，全省发行的省委机关报节节后退。20世纪末营业额曾超亿元的南方日报广告额出现下跌。一直到2003年6月，南方日报在中心城市刚刚打赢发行翻身仗，集团让我接管南方日报广告公司并兼任法人代表。

我还没有从上一场硬仗的疲惫中缓过劲来，就面临更大的挑战：省委机关报到底有没有与其影响力相匹配的广告市场？如果有，在哪里？如何开拓？

在集团领导支持下，我一方面加强对广告公司的内部规范管理，另一方面开拓市场，在巩固IT、家电、房地产、分类广告份额的基础上，大力开拓地方和企事业单位的公共形象广告。2004年，广告营业额回升到9700万元，遏制了下降势头。

2005年度，南方日报广告营业额重上1亿元，赶上历史最好水平。2007年我离开广告公司时，当年度南方日报的广告营业额已达1.5亿元，创历史新高。

南方日报广告的突破，关键得益于思想的解放。当时最前沿的认识是“要把南方日报的办报优势转化为市场优势”。但是怎么转化？全国都在求索。南方日报这些年的广告增量主要来自形象推广、招商引资推介以及各大中型企业的商业广告等。坚定认为党媒广告“有矿”，并整合报社所有资源“挖矿”，这是我抓南方日报广告工作的最大心得。

三

我的第三次转型是分管财务和绩效考核。

2013年，南方报业面临经营管理的重重危机：受新媒体冲击，传统主业增速放缓，成本攀升，利润下滑，资产负债率较高，当年光是还贷款利息就花掉8500万元。面对严峻的经营局面和财务窘境，集团党委会派我抓绩效考评，并乘势理顺规范经营管理事务。

在集团党委和经营班子的重视和支持下，我大胆改革原有绩效考评体系，推出以“保存量、控成本、促增长”为指导思想，重点考核“收入、成本、利润”三项指标的全新绩效考评体系，并于2014年在集团全面推行。

绩效考评体系先是设置“管理利润”指标，引入现金流考核，改变原来只见业绩不见真金白银甚至“寅吃卯粮”的状况；接着设置“控成本”指标，引入预算管理和精细化管理，至2017年，集团总成本逐年下降；最后，设置“消灭亏损”指标，引入平衡预算管理办法，堵塞管理漏洞，防止股权合作单位业绩爆仓或尾大不掉。

我分管的财务部门，是这套绩效考评机制的具体执行者和坚强战斗堡垒。我们顶住多方压力，将绩效考评和加强资金管理结合起来，建立了集团有史以来第一个资金池，把原来分散在多家银行、多个账号的资金实时归集到资金池里，盘活了分散闲置资金，有效提高了集团资金使用效率。

绩效考评从根本上规范了集团的经营管理，助力集团融合转型发展。2017 年集团实现报表净利润 1.34 亿元，比上年增长 102%；总收入止跌回升，达 26.63 亿元，比上年增长 2%；年末净资产达 28.19 亿元，创历史新高，资产负债率降至 43%，完全脱离警戒线，金融负债总额为改制以来最低水平；自有资金总量达到历史最高水平。

兵马未动，粮草先行。这些经济数据，就像血液，支撑着集团的运作与发展。南方日报的成就与荣耀，离不开后方经营管理人员的默默奉献。没有这些保障，采编主业的发展无从谈起，今日的媒体融合发展更是无米之炊、无源之水。

南方日报 70 周年社庆前夕，回忆职业生涯这三个艰难的时刻，每次的忐忑不安、如履薄冰、全力以赴，至今仍历历在目。感谢给了我信任支持的领导，感谢与我一起顶着压力度过艰难时刻的同事。

艰难而无悔。相比于好风借力、风正帆悬，我更相信实干担当、坚强忍耐的力量。

祝福南方日报，越过一个个艰难险阻，走向胜利，走向辉煌。

（作者系南方报业传媒集团管委会副主任、编委会副总编辑，曾任南方报业传媒集团有限公司副总经理）

三位可敬可亲的老人

□ 罗裕潮

为纪念《南方日报》创刊70周年，编辑部向我约稿。写些什么好呢？连日来我眼前总是浮现三位老人的形象，他们是南方日报社的三位老领导，他们作风正派，深得人心，虽然都已去世多年，但报社同人至今仍传颂着他们的故事。

先说我们尊敬的总编辑、老社长丁希凌，“三八式”干部（指1938年前参加革命），新四军老战士，报社上下都称之为“老丁”。20世纪70年代初，老丁从“干校”回到报社领导岗位，每天坚持骑自行车上下班。直到有一天，雨后路滑，老丁骑车不慎滑倒，身体多处擦伤，经报社同事和家属坚决劝阻，才不再骑车上下班。

老丁没有“官架子”，乐于亲近职工群众。上下班路上，他遇到报社职工，总是主动举手致意，亲切问好，让人备感温暖。

有一段时间，由于种种原因，常会出迟报。为了深入了解情况，一天凌晨，编辑部签完样后，老丁只身来到印刷车间。工人们正紧张制版装版，老丁站在大型轮转印刷机旁，观察、等待开机。工人麦师傅是个老实人，性格有点愣，见有外人站在机器旁，不及细看，就高声吆喝：“躲开！躲开！”老丁听了，也不作解释，只是微笑着点点头，规规矩矩站到一旁去。此时其他工人师傅看到是老丁，连忙过来致歉……后来，麦师傅还因此受到大家的取笑。

在即将离休之际，老丁在编辑部会议上作告别讲话。在回顾自己的新闻生涯时，他深情地说："1950 年初，我已经在河南日报任总编辑了，现在，我将要从南方日报总编辑的位置上退下来。30 多年来，我的职务、级别基本没有变化，一直都是为党的新闻事业而奋斗。我觉得很光荣，无怨无悔！"听者无不为之动容。

再一位是陈培总编辑。他在广东新闻界颇有名气，是公认的采编高手。适逢中央部署全国开展整党工作，省委向报社派来了指导工作小组，组长由省建委一位老领导担任。我当时是省建委的跑线记者，与组长认识。一次编辑部中层干部座谈会后，组长对我说："你们中层干部厉害啊，向总编辑提意见不留情面。陈培同志很有民主作风，耐心听取，耐心笔记，耐心解释。这种民主作风在机关实在不多见。"我听了有点得意，答："这就是南方日报！"

陈培老总在任期间，有一件事令我终生难忘：1983 年 6 月中旬的一天，天气酷热。晚饭后，工商部主任林凤翥通知我：即到陈培老总家，事关稿件问题。我心中不禁一阵紧张。当天下班前，我交了一篇广州区庄立交桥第二天首层通车的稿子。此桥通车，对缓解市区东北面交通堵塞将起到重要作用，为此，广州乃至全省对这项工程都高度关注，时任省委第一书记任仲夷也不断过问工程进展情况。是我写的稿件出了什么问题吗？我骑自行车飞快赶到陈培老总家，满头大汗。陈老总端上一杯凉开水，让我坐到吊扇下，笑吟吟地说："你写的稿，我要配一篇评论，明天一同见报。我对农业比较熟悉，但对工业和城市建设就不一样，所以请你来为我的稿把把关。"我手捧着陈老总两三页的评论稿，看了两三遍，提不出任何意见。写得实在好呀！短短几百字，道理说得全面、透彻，真乃"笔头千字，胸中万卷"。第二天，消息和评论在一版头条刊出后，受到各方好评。难怪编辑部平时常有议论："陈培公"为记者稿配写评论，往往比消息更有看头。

陈培老总为我上了一堂生动的新闻业务课，他的博学，他的认真，他的谦虚，永远是我学习的榜样。

若论那一时期的老领导，有一人不能不提，那就是副社长黄每。他是广东新闻界知名的老报人，有着非常丰富的办报经验。他朴素的衣着，如同他朴实的工作作风；他平易近人，没有丝毫的官腔；他善于与干部职工打成一片，了解群众的愿望和困难。节假日，他常常到工人聚会的地方饮茶，与大家一起谈天说地聊家常，了解真实的民意。工人们直呼他“黄老每”，这是对他的尊称，更是一种亲切的表达。

20 世纪 80 年代前期，国家改革开放迎来商品经济发展大潮，受此冲击，社会上出现了一些不正之风。黄每同志敏锐觉察到采编队伍开始有些不良的苗头，便多次在编辑部会议上强调，大家要提高警惕，保持清醒，严禁“以笔谋私”。这是广东新闻单位较早提出的响亮声音。由于领导的重视，及时制止，社内正气上升，采编队伍保持着一股纯洁性，这在业界是有目共睹的。

三位老领导高风亮节，有着许多动人的事迹。我记下的只是一些细小的片段和故事。要写数十年前的往事，一定有不够准确之处，盼望报社同人、前辈不吝指正。于我而言，写此文最重要的目的，是想值此表达自己对三位老人的感激之情，感谢他们在我成长的路上，曾经给予的耳提面命的教诲。

我永远怀念这三位可敬可亲的老人！

（作者系南方日报社原社委、南方报业传媒集团原副总经理）

向前一步

□ 郭亦乐

直到现在我都清晰地记得，在小平南方谈话后1992年那个炽热的夏天，我们20多个来自全国各地知名高校的大学生，走进了289这个在中国新闻史上熠熠闪光的地标性建筑。那时，《南方日报》历史上将迎来首次扩版，党报在强化舆论引领力、传播力和影响力上正迈出坚实一步。

生机勃发的南方把一个新的天地展示在我们面前。在南方的精神的叙说中，很多人都会回忆起她在历史进程中的忠诚和担当，回忆起她在不经意间展示的温暖细节和创新进取态度。我也一直觉得，正是融入血液的南方担当、南方创新和南方作为，推动她不断从优秀走向卓越。

在我的印象中，最早把南方担当刻进记忆深处的是1993年发生在深圳的“8·5”大爆炸。深圳清水河危险品仓库大爆炸当时引发了国内对年轻特区命运的担忧。南方日报采访组由时任副总编辑黄镜棠带队，一头扎进了空气中弥漫着呛人化学气味的事故现场。当时余火未灭，而在离爆炸地200米外还有一个油气仓库，如一颗巨大的炸弹在旁边。在整个采访报道过程中，黄总的指挥若定、陈广腾的敏锐洞察以及李通波、陈明光、陈健聪的丰富经验和突破能力，都给身为新闻新手的我留下深刻印象，我也在这些“老师傅”的带动下慢慢进入角色并越来越明白“记者”两字的重量。在大爆炸的硝烟逐渐散尽后，采访组没有停留在事件成功处置的报喜层面，而是马上推出长篇通讯《烈火燃起的思考》，指出年轻特区在城市规划管理上的不足以及需要深刻反思的地方，报道引起巨大反响并获得了当年广东新闻奖特别奖。这段经历让我从此记得：负责任的媒体要有向前一步的能力和视野，要有推动社会进步的勇气和担当。

这种担当源于能力，也源于持续不断的创新态度。新世纪以来，《南方日报》持续推进改版，以不懈的自我超越在一次次新闻同台竞技中闪亮登场。记得2011年是中国入世十周年，这个十年也是中国逐渐走向世界舞台中央实现和平崛起的重要时间，如何展示中国与世界分享发展成果实现共赢的十年？如何看待经济全球化中的中国和广东？在时任社长杨兴锋和副总编辑王垂林的支持指导下，我和经济部同事从年初即着手“中国十年考”的整体方案，其中，“世界五百强总部行”和“跨国访谈”两大系列则赢得政府部门和媒体同行的一致好评。时任广东省外经贸厅厅长梁耀文和副厅长郑建荣对整个报道及活动策划非常赞赏，认为这是广东在政府层面之外主动走出去构筑与世界对话平台的创新之举，并给予全方位支持。“世界五百强总部行”走进了西门子、雀巢、诺华、安联、丰田、三星等一批在广东有投资的企业的总部，听取他们对中国入世的评价，带回他们对广东如何进一步扩大改革开放的建议和期待；“跨国访谈”则采访到美国前贸易代表巴尔舍夫斯基、世贸原总干事素帕猜、中国谈判代表龙永图等10多位中国入世见证者和国际知名学者。吴哲等一批年轻的记者站到了采访第一线，新人谢梦揭下了我们在全报社公开招贤的“英雄帖”并担纲完成跨国访谈。

在报社上下的共同努力下，很多重要的历史时刻《南方日报》不仅是记录者，更是参与者与推动者。报社参与筹备了广东省经济发展国际咨询会，并在百届广交会、上海世博会等重大节点上都有惊艳之举，彰显南方作为。其中“双城会”报道正是围绕中心工作和重大主题主动作为的一个范例。

党的十八大以后，习近平总书记到地方调研的第一站就来到广东并提出了“三个定位、两个率先”的目标要求。广东大地热潮涌动。但如何在密集的宣传报道中让人有所思有所悟更有所动？当时在经济部的业务会议上，政经团队提出通过走读城市来展示广东各地的变化，这是一个很好的切入口，但我也提出个体的一城一地的走读容易陷入静态叙事和成就报道的窠臼，如果能跳出广东作“双城”比较，那么这种启示应该更具力量。思路清晰后，整个团队通过反复碰撞，以“找差距、寻借鉴、谋发展”为立足点，选取有代表性的地市和全国包括港澳处于同类发展阶段的地区作比较，形成了“双城会”全媒体策划方案并提交报社，时任社长张东明和分管副总编辑王垂林给予高度肯定并汇聚全报社力量完善提升。15 组双城类比，用实地调查、理性分析和翔实数据，将全省对“三个定位、两个率先”的宣传贯彻热潮推上一个新的高度，并掀起了持续的大讨论和大献策。当这组重磅报道渐入尾声时，我建议报社以《时代之问：今天，我们拿什么来实现“两个率先”》为题推出通讯，既对“双城会”系列报道作总结，更是一次对全省人民的再动员和再鼓劲。这一报道在头版头条刊出当天，省委主要领导即在报纸上作出批示予以肯定，并要求以此为题结集出版。中宣部有关部门以“创意新颖，既为广东继续保持较好发展提供了决策支持，也为媒体的区域经济报道摸索出一条新路”评价这组报道。

回望来处，因为南方，我们能站在巨人的肩膀上一路成长；

因为南方，我们可以一次次向着远方坚定出发。

70 周岁生日快乐，《南方日报》！

（作者系云浮市委常委、宣传部长，曾任南方报业传媒集团管委会委员、南方日报社社委）

一号船上的经典手势

□ 梁伯权

我 1968 年进南方日报社当摄影记者，1993 年退休。可以说，一辈子都是当“照相佬”。在这漫长的摄影记者生涯中，最令我难忘的，是多年来随部分中央领导采访拍摄的特殊经历。

我家里有一本关于习仲勋同志的摄影集，每当打开摄影集，习仲勋同志的标准相便映入眼帘。他淡淡地微笑着，给人以睿智而从容的感觉。这是我在 1980 年为时任广东省主要领导的习仲勋同志拍的。

这本影集里，还有一张习仲勋、杨尚昆、许世友三位领导和叶剑英元帅手挽着手并排迎面走来的照片，也是我拍的。照片上，他们的欢喜和情谊颇具感染力。叶帅非常喜欢回家乡广东。我在广东以及当时属于广东省的海南岛，多次拍到叶帅和习仲勋同志的合影。

我算得上是拍摄来粤中央领导次数比较多的广东记者了。其中最有意义的，就是全程拍摄邓小平同志的五次来粤活动。尤其是 1984 年和 1992 年，我是广东唯一全程跟随的摄影记者。仅仅在 1992 年那一次小平南方谈话，我就拍了数百个卷，成为重要的史料。后来我还编辑出版了《邓小平在广东》摄影集。

小平同志于 1977 年、1982 年、1984 年、1985 年、1992 年先后五次来粤。尽管过去多年，但小平同志每一次考察的细节和场景，仍深深地铭刻在我的脑海中。

我第一次见到小平同志，是他复出不久的 1977 年。当时他穿一套普通的确良军装，平易近人，十分朴素。一天上午，他与叶剑英元帅谈笑风生地从会议室走出来。走到我面前时，叶帅兴致勃勃地对我说："给我和小平同志照张相吧。"于是，我为这两位老战友拍下了具有历史纪念意义的一刻。

1982 年，邓小平在广东待了一个月，深入了解刚刚起步的经济特区的发展情况。他对广东的领导说："深圳的发展和经验证明，我们建立经济特区的政策是正确的。"

1984 年，邓小平第一次视察深圳、珠海两个经济特区，包括蛇口工业区、珠海渔民新村和电脑企业，分别为两个经济特区题字，为外界争议不断的特区叫好。他在中山温泉宾馆住下时，与杨尚昆、王震会见了宾馆的投资者、港澳著名爱国人士霍英东和马万祺，再次阐明中国改革开放的决心。

那天上午，邓小平到宾馆后面的罗三妹山散步。当时，年届八旬的小平稳健走上山顶观看了中山的新景象后，引路的同志正要沿原路返回，小平说了那句意味深长的名言："我不走回头路。"我迅速按下快门，拍下了这张历史性的照片。当时改革开放首先在广东实行，人们对一些全新的做法免不了有疑虑。邓小平这句话，显示出他坚持改革的决心。

最难忘的是 1992 年 1 月，小平同志第五次来广东考察，这也是他最后一次南方之行。当时，国内外都在看中国的改革开放怎么走，能不能走，最早进行改革开放的广东更是关注的焦点。

事前，负责接待的同志通知我说，小平同志这次来广东只是休息。然而，从小平同志抵达后的行动，我看出了不寻常。他老人家一下火车，省、市负责同志打算要他先休息一下，而他却说"坐不住"，要求马上去看。当时已年近九旬的邓小平，视察深圳、珠海和顺德，行程紧密，一路看，一路谈。在深圳国贸中心大厦顶层，小平同志看到深圳高楼林立，欣欣向荣，显得十分高兴，还和省、市负责同志一口气作了10多分钟的讲话。

后来，在从深圳去珠海的船上，我作为唯一的记者跟着上了“一号船”，又一次亲耳聆听了小平同志的重要讲话。那天，他兴致勃勃地讲了半个多小时。当时的省委书记谢非拿出了珠三角地图，向小平同志汇报广东改革开放的情况。小平同志听了很高兴，谈了一系列有关经济和反“左”的问题，指出如果不搞社会主义，不提两个文明建设，不坚持改革开放，不发展经济，不改善人民生活，中国就是死路一条。另外，他还说，学习马列主义要结合实际实干，主要得防“左”。

这番话在当时是意味深长的。当邓小平说到广东要争当全国经济建设“龙头”，20年后要赶上“亚洲四小龙”，关键是抓好“一个中心”和“两个基本点”时，我当即拍下了他老人家打着手势，极富神采的那一刻。这既是小平同志南方谈话最经典的照片，也是我最满意的作品之一。

回忆拍摄几位中央领导来粤的往事，我特别感慨的是这些德高望重的领导同志都是那么平易近人。小平同志曾经和我合影了两次。其中一次，我提出要与小平同志合影，老人家笑眯眯地点头说好。这时，站在他身后的杨尚昆同志马上说：“我也要。”说着，“咔嚓”，成了！这张三人合影，生动而精彩，我永远珍藏。

（作者系南方日报原摄影部主任。本文由南方日报记者林亚茗整理）

在那沐浴春风的日子里

□ 赖海晏

在南方日报，我度过了生命的黄金时期。我大学毕业后，于广东师院执教数年即进入了广州日报社。“文革”初期，南方日报、羊城晚报、广州日报三报合并后，我便成了南方日报一员。在南方日报工作的那些年，正是我精力最旺盛的时期。在纪念《南方日报》创刊70周年之际，往日的人和事，历历在目。

我曾在南方日报的检查组、评论组、理论部、文艺部、记者站和南方周末等部门工作过。难忘曾经在张汉青同志的带领下，到各地采访，后来同李钟声、黄国平一起综合成文；难忘曾经与刘陶、张一村一起写作批判“四人帮”的连载文章，连续作战，不知疲倦；忘不了当地方记者时，与岑祖谋等同事一起，写《救救西湖》等保护环境的文章；忘不了在陈培同志领导下，到东莞采写报道，在广东首次宣传打破“大锅饭”；忘不了和郑鸿裕一同采写学雷锋先进人物陈观玉的稿件；忘不了在理论部时，在黄每、饶子持等同志的带领下，与同事林超等共写宣扬解放思想的文章……

最难忘的是，在丁希凌社长的领导下，关振东带领我们创办《南方周末》的日子。作为参与者之一，我从参与讨论新报名称，到讨论栏目设置，又到试版的一再调整，付出了巨大的努力。我们沐浴着温暖的改革春风，心情舒畅，思路活跃，同心同德。在南方周末第一任主编关振东工作调动后，我接任第二任主编，和左方、张志光、余达、关瑞湘、陈兆川、李益伦等同人共同努力。当时一间办公室，办着两份报纸（还有《花鸟世界报》），我的前后左右，都是椅子挨着椅子，可是，这并不妨碍我们快乐地办报。这个时期，我们辛勤而团结，艰苦而快乐。一次，我与谭军波改稿从晚上到天亮。也是在这个时期，《南方周末》刊发过影响较大的《一个研究生被拐骗始末》，发表过揭露贪官的报道，曾经请曾彦修、邵燕祥、牧惠、舒展、章明等杂文家为《南方周末》撰写激浊扬清、文笔犀利的杂文，连载过有关胡风平反等影响甚广的长篇……

往事钩沉，深感南方日报就是一个锻炼人的思想大熔炉。南方日报又是一个具有优秀血脉的团队，既继承了中华优秀的文化传统，又传承了革命报人的优秀办报理念。在这样一个团队中工作，如沐春风，让我终生受益。

（作者系广东省文联原执行副主席，曾任南方周末主编）

数字化开启新时代

□ 李庆余

1989 年有一天，总编辑张琮问我，有没有到电脑照排车间看过，我说没有，他就批评我："不到电脑照排车间去了解一下新技术，怎能当好要闻部领导？"

我们报社 1989 年引进华光电脑激光照排系统，开始在系列报应用，当时《南方日报》仍是铅字排版，所以我没有到过电脑照排车间。老总批评了，我就到该车间参观了从录入到组版再到照排出胶片的全过程，被报纸出版的这一技术革命深深吸引。

1990 年 3 月 26 日，《南方日报》全部版面实行电脑照排，从此，作为要闻部副主任的我与电脑照排有了亲密接触。我逐渐意识到，编辑部应用电脑是报社技术进步的下一步，而要闻部的夜班编辑工作，又与电脑照排的关系最密切，它们是未来采编—出版数字化链条中的两个相邻环节，要闻部可以作为试点，我决心在这方面有所作为，有所贡献。

然而，我是学文科的，对计算机一窍不通，于是花了一段时间恶补计算机知识，对硬件软件、硬盘软盘、内存字节、程序数据等等，基本有所了解，还学会了五笔字型汉字输入法，尝试建立应用数据库。这样，我被报社领导误认为"懂电脑"。1991 年 2 月 26 日，报社成立新闻技术工作领导小组，本人成了其中一员并任副组长。

4 月，我随领导小组前往北京，对人民日报、经济日报、新华社等在建设内部网上先行一步的新闻单位进行考察。回来后，报社决定要建一个从采编到排版到资料检索联成一体的电脑网络。首期工程是编辑部属于夜班部门的要闻部、时事部、体育部，与电脑照排车间、接收新华社稿的电讯室、资料室的资料检索部分联成一个局域网。本工程确定由华光计算机公司承建，于 1992 年 6 月 24 日签订承建合同。

华光公司很快就拿出了建设方案。紧接着，7 月 20 日，本报和华光公司在北京联合举办《南方日报》网络方案专家论证会，本报由我和资料室的许华作代表，华光公司由总经理董瑛带领相关技术人员到会。与会专家有新华社通信技术局局长孙宝传、北京信息工程学院副院长苏东庄、华北计算技术研究所副总工程师王祖永等。经过论证、修改的方案，确定网络名称为“新闻技术综合网络”，资料检索采用北京信息工程学院开发的全文检索系统，编辑软件由华光公司派人到本报现场开发。我和许华提出了不少要求，使华光公司开发出来的软件，真正适合采编工作的实际需要。

1992 年 12 月 3 日，本报的新闻技术综合网络第一期工程投入试开通。经过大半年的平稳运行后，国家经贸委技术与装备司、国家新闻出版署技术发展司、全国报协技术进步委员会，于 1993 年 9 月 24、25 日联合在本报举行网络验收会。我在会上代表报社作了用户报告。专家审核了网络的研发技术报告和用户报告，在网络现场进行测试后通过了验收。建成这样联通编辑部、电讯室、资料室和电脑照排车间的新闻技术综合网络，在当时的全国省级机关报中，我们是第一家。

新闻技术综合网络的建立，开启了报业发展的新时代。过去在编辑部里流转的文字、图片，从此变成在计算机网络里流动的数字流。这样，有了数字加网络通道，不但为实现卫星传版、建立新闻资料数据库和出版电子报等创造了条件，而且当音频、视频作为数字加入网络，就为应用多媒体、建网站等提供了广阔的发展空间。随着互联网的迅猛发展，南方日报报业集团主办的南方新闻网顺势而生，2000 年 5 月 18 日上线开通了测试版。此前，我也参与了部分筹备工作，一度担任南方网出版领导小组副组长。

当前，我们南方报业传媒集团正在实现媒体融合的道路上高歌猛进，将各种采编作业结合起来，资源共享，集中处理，衍生出不同形式的信息产品，然后通过报、网、端等不同的平台传播给受众。这一切，都是建立在 20 世纪 90 年代数字化技术改造基础上的。本人有幸见证并部分参与了报社当时的数字化技术改造，在集团 70 年的发展道路上发挥了一块铺路石的作用。

（作者系南方日报要闻部原主任、高级编辑）

我爱你的报格

□ 谭立谋

人的一生漫长，经历的事无数，很多是过眼云烟，但有历史意义的事总是难忘。我总结报道的“珠江模式”，就是件终生难忘的事。

改革开放的洪荒之力，突破了传统单一的公有制，各种形式的所有制，如雨后春笋般涌现。当时风靡全国的模式有三：一是浙江温州以非公有制为主的“温州模式”；二是江苏以乡镇集体为主的“苏南模式”；三是广东珠江三角洲地区多种经济成分齐上的“珠江模式”。

“少则得，多则惑。”“珠江模式”因是多种经济成分，疑惑由此而生。有人说珠江三角洲经济姓“资”不姓“社”；也有人质疑它对经济发展究竟是祸还是福。

这是举什么旗、定什么向之问，也是时代之问。

面对疑问，南方日报不回避，敢于直面问题，派出副总编辑吴彩章同志带队，组团到珠三角各地采访，写成《来自珠江三角洲的报告》系列报道来回答。我有幸参加，并负担起“珠江模式”篇的主笔，题目是《众马奋蹄轮生风——来自珠江三角洲的报告之二》，刊登在1992年5月11日《南方日报》一版头条。

“珠江模式”姓“社”还是姓“资”？事实胜于雄辩。为了事实，我的采访足迹遍及珠江三角洲各地。文中说，“三来一补”、外资企业最多的东莞市，1991 年工农业总产值中，外资和个体户仅占 7%，集体占 73%，全民所有制占 20%。个体、私营经济发达的南海县，1991 年，个体、私营的工业产值，仅占全县工业总产值的 8%。经济发展速度最快的顺德市，1991 年 106 亿元工业产值中，7% 是由个体、私营和外资企业提供的，93% 是由集体和全民所有制企业创造的。其他县市的情况也大体相仿。事实让我在文中下结论："珠江模式"是"以公有制为主体、多种经济成分齐上的所有制结构"，姓"社"不姓"资"。

究竟什么样的经济体制更适合我国国情？"珠江模式"是祸还是福？这也是时代之问。

长期以来，我们对所处的时代，对国情缺乏清醒的认识，导致在所有制问题上，总是强调越公越好，越纯越好。这种脱离国情和超越生产力水平的做法，给国家的发展带来不利。"珠江模式"以公有制为主体、多种所有制经济成分共同发展的结构，合乎国情，适合生产力发展水平，就像文中南海县委书记李景滔比喻的那样："各种经济成分是马，生产力是车，无疑，几匹马拉车比单匹马拉车跑得快。"题目《众马奋蹄轮生风》就是这么来的。文中还列举了实行"珠江模式"后，各地出现经济繁荣、社会稳定、人民富足的美好图景，说明"珠江模式"合国情，顺民意，是时代之需，是时代之福。

在回答了两问、厘清质疑之后，我在文章结尾处总结过去，点亮未来，感慨万端地写道："多少年来，中国共产党人一直在寻求一种经济体制，来建设有中国特色的社会主义……时至改革开放，才出现了珠江三角洲这样好的所有制结构。珠江三角洲人应为她的成功而骄傲！"《南方日报》就这样一字不改地登了出来，亮出了《南方日报》在大是大非问题上的政治本色。

时代是思想之母，实践是政策之源。《南方日报》对"珠江模式"的报道，引起了国内外人士的瞩目，特别是引起了党中央的关注。经过几年审时度势，深入洞察，到党的十五大召开，党中央终于把"珠江模式”上升为党的政策，写进十五大文件，表述为“公有制为主体，多种所有制经济共同发展”，并确定为我国的基本经济制度，从此全国各地处处都是“众马奋蹄轮生风”。

回顾这段历史情节和《南方日报》的表现，我想起新闻界一句老话，叫“报有报格，人有人格，报格影响人格”。报格是一张报纸的品格，事关报纸举什么旗、走什么路，把道义放在什么位置，报纸理性和定力怎样的问题。对“珠江模式”的报道，充分显示《南方日报》的报格：坚持真理，伸张正义，高举旗帜，敢为人先，做社会进步的推动者，当美好生活的讴歌者。人格是指办报人的思想行为和道德品质。人格总是受所在报纸的影响，同报格连在一起，报格好人格也好。是《南方日报》的报格哺育、铸就了我，支持我在改革开放的岁月里，立潮头先发声，写出像《众马奋蹄轮生风》这样的文章，我感谢《南方日报》，为当南方日报记者感到骄傲和自豪！

（作者系南方日报经济部原主任、高级记者）

见证绿化广东

□ 岑祖谋

我 1959 年 9 月到南方日报社工作，一晃就过去了 60 个春秋。其间，我经历颇多，但随着年老，记忆渐差，有很多往事都像“水过鸭背”，唯有绿化广东这件非常有意义的事深深留在我的记忆里。

“五年消灭荒山，十年绿化广东”。这是广东省委、省政府 1985 年作出的重大决策。《南方日报》是省委机关报，责无旁贷地把宣传这一重大决策摆在重要位置，不遗余力地进行宣传报道，而且每个时期的林业宣传报道都有很强的针对性和指导性，充分发挥了正确的舆论引导作用。

《南方日报》为绿化广东鸣锣开道做了大量工作。我当时任南方日报农业部主任，职责所在，更是满腔热情地投身到这项工作中去。记得 1985 年国庆节刚过，时任广东省委书记林若就轻车简从，先后到了粤北、粤东山区进行调查研究。这次历时半月的山区之行，行程 2000 多公里，足迹遍及十多个山区市、县。林若每到一个地方，或与基层干部座谈，或到农民家里听取他们的倾诉：经过“58”“68”“78”三个时期乱砍滥伐，广东山区的森林资源遭到了极其严重的破坏。当年东江纵队在九连山区活动，林若印象最深的莫过于那里大片的原始森林，浓密得遮天蔽日，行人往往要侧身才能穿越林间。树高林密，游击队在那里出入安全得很。林若这次重返故地，登高望远，但见荒山秃岭，赤土裸露，山风起处，黄土飞扬，昔日的参天大树几乎荡然无存。有一次，林若在和平县开座谈会，有位老人既幽默又深有感触地说：“过去九连山区树多林密，是游击队歇脚和躲避敌人的好地方，如今山头光秃秃，别说藏人，连小鸟也藏不住啦!”

到了五华县，林若一行登上油田附近的山头，只见满目崩岗，树木稀少，寸草难寻，水土流失非常严重。同行的县领导汇报说，五华县因水土流失而遭受危害的农田共有 13 000 多公顷。当地农民形容五华的穷山恶水有两句非常形象的话：晴天张牙舞爪，雨天头破血流。

进入大埔县银江路段，林若下车走进附近一条村庄，和农民交谈起来。据陪同的梅州市领导介绍，大埔人过去都为当地有砍不尽的银江杉、取不尽的高陂竹感到自豪，没想到眼前却是光山秃岭，山峦滴翠、水清如银的生态环境遭到了无情的破坏。

省委书记工作繁忙，能腾出半个月时间深入山区调查研究，对全省农民来说，是个令人鼓舞的信息。我是随行记者，很想把这个信息传递给广大读者，但无论我怎么说，林若都不同意我写稿。后来，我一再申述理由：老百姓在报纸上、荧屏上很多时候都看到省委书记、省长出席各种活动的文章和镜头，却很少看到省领导到山区的身影。这次省委书记到穷山区访贫问苦，帮助山区农民寻找致富之路，这对全省山区人民是个极大的激励和鼓舞。如果我不把这个有价值的新闻报送出去，那就是记者失职。经我这么一说，林若觉得有道理，终于同意我写稿报道这件有意义的事了。1985 年 10 月 28 日，《南方日报》在一版头条位置以《重新认识山区优势，用双手开辟致富门路——林若深入山区与干群共同问计》为题，报道了这个重要新闻，引起了全省各级干部和广大读者的关注。

林若这次山区之行，耳闻目睹山林资源遭到破坏带来的严重后果，从而更加坚定了抓好造林绿化工作的决心。他说，不下决心把荒山绿化起来，让山变绿、水变清，纵有天大的本事，山区也不能富裕起来，广东经济的发展步伐也难以迈得更快。

林若回到省里，向省委、省政府领导班子汇报这次下乡调查研究的收获，大家都有同感，并且取得了共识。大家对广东的省情更加清楚了：全省“七山一水两分田”，要加速发展经济，一定要坚定不移地走治山致富的道路。省委、省政府运筹于千里调研之路，决策于群众实践之中。于是，1985 年冬作出决定：五年消灭荒山，十年绿化广东。不久，省委、省政府在韶关召开了全省第一次山区工作会议，吹响了向山区进军的号角。

植树造林，绿化祖国，是造福子孙后代的千秋大业，广东人民深刻认识到抓好绿化工作的深远意义，以空前的热情投身到这项伟大事业中去。经过坚持不懈的努力，广东人民用锄头叩醒了群山，用汗水浇绿了南粤大地。据省权威部门提供的资料，广东全省有林面积已由 1985 年前的 440 多万公顷，增加到 1990 年底的 750 多万公顷；全省森林覆盖率已由 1985 年的 26.7%，提高到 45.1%；全省森林的生长量已连续多年大于消耗量，广东森林生态已进入良性循环。

1989 年春天，全国第八次绿委扩大会议在广州召开，总结推广广东造林绿化工作经验。1991 年 3 月 12 日，中共中央、国务院作出决定：授予广东“全国荒山造林绿化第一省”的光荣称号。全省各级干部和群众为此欢欣鼓舞。

党的十九大以来，广东人民牢记习近平总书记的教导，不忘初心，牢记使命，继续奋斗，努力践行“绿水青山就是金山银山”的理念，坚定不移地抓好造林绿化工作，不断取得新成效。现在，放眼南粤大地，到处绿树葱郁，林海绵延。毛泽东同志当年气势磅礴的诗句“战士指看南粤，更加郁郁葱葱”，如今实至名归了。

（作者系南方日报原采通部主任）

当一名忠诚于事实的记者

□ 李通波

作为一名记者，一生中值得回味的荣光时刻，皆是源于采访和报道，源于呈现并还原真实。而这种荣光与贴近事实的机会，是南方日报带给我的。

1969 年，我从暨南大学中文系毕业，因为出身好又是党员，算是“根正苗红”，又经常在校刊上发表文章，有能力胜任记者岗位，1970 年便被分配到南方日报社。

1978 年开始，我被派驻到海南记者站任职。第二年，时任南方日报社社长丁希凌陪同人民日报社负责人到海南时找我谈话说，中央准备在深圳办经济特区，报社决定把我派过去，理由是我年轻，思想解放，业务上又能独当一面。

深圳以前没有新闻单位，南方日报在深圳第一个创立记者站，我是站长，“深圳首位记者”的头衔，就这样历史性地落在了我头上。

但其实，在二十多年的记者生涯中，我并非仅仅是一个只有上班期间才工作的记者，在日常生活中，我也从没停止过关注这个社会。

1987 年夏天，我与深圳特区报美术编辑、漫画家庄锡龙，陪同泰国侨领、实业家庄木明先生从深圳赴潮州探亲。路过海丰县城时，因为大雨，我们无法继续前行，只能停在路边。我透过车窗发现一家餐厅的几个洗碗工，居然趁大雨用满街的污水来洗锅盆碗筷。

目睹满街污泥浊水，垃圾遍地无人清理，我心中难以平静。所以数日后，我专程到海丰县城实地调查。看到那条不足300米的街道上居然有80堆垃圾，没有草木等绿化，一间挨一间的小食店门口挂着的猪肉和海鲜上，成群的苍蝇围绕着飞来飞去。炸油条、卖小食的摊位更是随意摆卖乱放。汽车一过，漫天灰尘，人人掩鼻。

最具讽刺意味的是县卫生防疫站门前，也堆着一大堆垃圾，死猫烂鼠陈尸在上，绿头苍蝇、蟑螂满地，令人作呕。

这场景令我越看越气，秉持着身为记者的责任心与使命感，我决定写稿批评海丰县领导的不作为。

批评稿发回南方日报社，编辑部立即作了处理，但没有马上见报，而是抱着与人为善的态度，先与海丰县委、县政府联系，把我写的尚未见报的批评稿寄给他们。

海丰县的领导收到南方日报编辑部的信件后可以说是又怕又喜：怕的是他们的不作为与脏乱差被记者发现了，写出批评稿来了；喜的是还没有见报，还可补救。

随后，海丰县领导立马召开专门会议研究整顿市容市貌。次日，县里机关干部全部放下手头工作，出动10多辆卡车和200多名机关干部，带头清理垃圾，疏通污水管道，拆除窝棚，取缔无牌小食店，路边的绿化工作也立即开展，栽上树木，种上花草……经过这一番全面整治，海丰县城的卫生面貌焕然一新。

那么，海丰县城的脏乱差还需不需要报道批评呢？我认为一定要的，但批评方式可以改变。

最后，我这篇题为《一篇还未见报的批评稿发出以后——海丰县城太脏了》的稿件在《南方日报》刊登出来，南方日报编辑部还为此配发了评论，赞扬海丰县领导知错就改的态度。

海丰县后来专门派了一位办公室主任，带上县委、县政府的感谢信，来到南方日报社，向编辑部和我表达谢意。

而最重要的是，这次观察及报道改善了海丰县城群众的生活环境。全面整治后，群众纷纷拍手叫好："海丰县城干净了！""太感谢《南方日报》了，太感谢记者李通波了。"

我想，这就是作为一名记者最快慰的时刻。做记者应当不为钱不畏权，更应当不忘初心、牢记使命。当记者忠诚于事实的时候，他就是社会的良知。

南方日报社成立70周年，与国家同呼吸共命运。作为一名老记者，我由衷地希望报社的年轻同人发扬报社老记者们不怕苦不怕累、深入采访的工作作风，堂堂正正做人，干干净净采访写稿，做个受人欢迎、受人尊敬的记者，在报社70周年的新起点上，创造新的辉煌！

（作者系南方日报深圳记者站原站长、驻深记者协会名誉主席）

大树之下

□ 赵晓苏

人到中年，想得最多的应是生活稳定。可是我却在这个年纪告别了古城，来到广州这个陌生的大都市，一切都将重新开始。

1994年夏天，我住在潭村附近，晚上坐在跑马场高高的台阶上，向西望去，在一大片尚未开发的空地尽头，有一座耸立的高楼，隐约可见楼顶的四个闪亮大字“南方日报”，我知道，这是南国媒体中最大的一棵树。

不久，国际足联世界杯开赛，成为世界人民最关注的热点。在朋友的推荐下，我开始为《南方日报》的世界杯专刊画漫画。每天晚上，我要到报社四楼的体育部交稿。《南方日报》世界杯专刊是国内首次以卫星传输图片的报纸，在当时，漂亮得无以复加。赛场内外的情景和花絮都是我要画的题材，马拉多纳在小组赛中药检呈阳性被禁赛，巴乔在最后一刻点球踢飞了大力神杯，哥伦比亚因后卫埃斯科巴的乌龙球而惜败，埃斯科巴回国后即惨遭枪杀……这些事件让我数年难以释怀，人生的得失荣辱竟在瞬间骤变。

一年后的又一个夏天，我进入扩为16版的《南方周末》，创办《五羊角》漫画版。其时，华君武、方成、丁聪等漫画大师和一些漫坛精英都是这个版的作者，最精彩的莫过于汪曾祺与丁聪的《四时佳兴》专栏。为此专栏我到北京登门拜访两位大师，被称为“中国最后一位士大夫”的汪曾祺出手不凡，七八百字的小文章篇篇精彩，写人鲜活生动，精妙绝伦，加上丁聪的配图，实在妙趣横生，成为每期读者追看的栏目。一文化人在博客中说："汪曾祺，我极其崇拜的文学大家。20 世纪 90 年代末，小丁和汪曾祺在《南方周末》合开了一个杂文专栏——《四时佳兴》，一文一画，相得益彰。文坛一时传为佳话。"

《四时佳兴》因汪老的突然离世戛然而止。贾平凹说："汪是一文狐，修炼成老精。"修炼成精的"文狐"的最后文字就是发在我编辑的漫画版上。20 年后，百花文艺出版社以"四时佳兴"为书名出版了汪老的散文、书画集。汪曾祺的国画水墨同样造诣精湛，我至今留有一幅。1998 年底，我把这个作者阵容强大的漫画版带进《南方日报》，这时，我也真正成为这棵大树上的一片叶子。

后来到了时政中心，专职漫画创作，这期间，不仅我编的漫画版获得金奖，我所创作的漫画书也分别获得中国图书奖、中宣部"五个一工程"奖，漫画本《小平说——什么是社会主义》一书在海内外多家出版社出版，漫画《彻查》获中国新闻漫画金奖。漫画真正成为《南方日报》新闻中一个不可或缺的品种。

十多年前，在理论部主任田东江的策划下，开设了《漫话》专栏，每天以一条新闻为由，用水墨画技法创作一幅漫画，自拟标题，并附一句话概括内容。这一漫画创新形式颇受读者喜爱，直至我退休数年后的今日仍在继续。

人生之路，努力很重要，但还须贵人指引，更要找到心中的那棵大树，才有发挥个人才华的机会和平台。今天，我仍然能在自己的公众号里不间断地发出我的国画创作、水彩写生、周游世界的漫画速写和文章，多半来自南方日报这棵大树给我的自信和滋养。作为这棵大树上的一片叶子，我真诚地祝愿她根深叶茂、新枝勃发、硕果累累。

（作者系中国美术家协会会员、广东省人民政府文史研究馆馆员、高级编辑）

从剪刀糨糊到全媒体资源库

——南方报业传媒集团新闻信息数据库建设回眸

□ 丁洪海

今年金秋十月，将迎来《南方日报》创刊70周年的大喜日子。思绪万千，不禁回想起我们科室创建集团新闻信息数据库的点滴往事。

1994年3月，我入职南方日报资料室。一进办公室，映入眼帘的是一排排文件柜，像中药铺一样，偌大的库房整齐存放着各种剪报资料、报刊、图书，目不暇接，令人震撼。当时新闻资料的采集、分类、应用主要是靠人工圈选报纸，我们每天的工作就是剪报纸，贴剪报，然后分类放入一个个小抽屉里，以供查阅。编辑、记者需要资料，就来资料室，按照需要的类目，拉开小抽屉，翻阅寻找，人来人往，络绎不绝。那时候，每逢全国"两会"或遇重大事件、重要报道，为配合报社的宣传工作，资料室往往就要全员动手，加班加点查索引、翻报纸，复印文件，效率很低。大家都憋了一股劲：一定要改变现状，一定要建数据库。但当时数据库设备、数据库系统有限，只能先做报刊电子数据的收集储备，尝试利用微机做单机版的检索试验。这招解决了燃眉之急，也为将来建立数据库积累了经验。

1997年7月，南方日报社新闻信息中心正式成立，由原技术处、资料室、电讯室组成架构，资料室更名为信息编辑室。如何做好信息系统的建设、信息产品的服务？梁五四同志亲自带队北上调研，汲取新华社、人民日报的信息管理经验，明确了集团信息工作的发展方向——利用集团信息资源丰富的优势，建设有广东特色的数据库。

时任集团领导李孟昱、杨兴锋、黄晖等同志亲自过问，新闻信息中心领导梁五四同志主导项目开发，提供强大的技术支持；集团各类报纸、刊物的数据统一归口新闻信息中心管理，为信息的采集、加工提供了极大的便利。经过大家的不懈努力，1998 年，我们告别了剪刀加糨糊的日子，顺利地完成了手工资料剪报向电子信息管理的转轨，集团的新闻信息数据库也由此诞生了。

这个时期是数据库发展最快的阶段。从 1998 年 5 月 TRS（文本检索系统）数据库到位，至 2002 年，集团新闻信息数据库拥有了《南方日报》《南方周末》《南方都市报》等 6 个系列报的全文型数据库、1 个囊括全国近 300 种报纸杂志精华的剪报数据库、4 个索引库、3 个二次文献专题库、16 个热点专题新闻库，还有邓小平文选库、江泽民讲话库等，共 110 多万条信息。数据库实现了编辑、记者在自己办公室就可以检索资料的夙愿。

1994 年之后的《南方日报》已经建库，但还有 1949 年创刊以来的 40 多年的报纸合订本存放在库中，年代久远，很多报纸已发黄变脆，这些宝贵财富如何长久保存下来，同时又能开发利用？2005 年，在陈仕军同志主持下，信息编辑室又开始承担《南方日报》历史报纸数字化工作，与点通数据、清华紫光两单位合作，历时三年多，终于将纸质的《南方日报》制成了电子文档和版面图片，同时也形成了完整的南方日报全文数据库。

创新无止境，信息工作永远在路上。2012 年，在何崑同志主持下，信息编辑室负责集团全媒体资源库、多媒体信息展示查询服务平台的建设工作。经过前期大量市场调研，选取了方正数据库方案，大家对该方案进行了无数次严谨的验证、测试，以求取得最完善的页面展示效果、最准确的数据检索结果。2014 年，全媒体资源库一期工程隆重上线。全媒体资源库实现了数据自动入库，文章、图片、版面自动关联，编辑、记者可以方便快捷地任意调阅、下载需要的新闻信息产品。

20 多年过去，弹指一挥间，回头看来，有艰辛，有喜悦，更多的是收获。我有幸参与了新闻信息中心、信息技术部的三大信息工程：第一，参与建立新闻信息数据库，告别剪刀糨糊，实现信息管理电子化；第二，参与《南方日报》等电子报的编辑发布，率先将《南方日报》及各系列报送上互联网；第三，在迟暮之年，能和科室的同事们一起，参与全媒体资源库建设，继续追寻着心中的梦。

（作者系南方报业传媒集团原新闻信息中心退休干部）

辑二

同行

南方日报与我们打响“生命保卫战”

□ 钟南山

2003 年春节前后，正是“非典”病毒肆虐的时候，全国人民打响了一场“生命保卫战”。

大年初三，我被任命为广东省非典型肺炎医疗救护专家指导小组组长。情势危急，我们的医护人员日夜奋战在抢救生命的第一线。

2 月 18 日，国内一家权威媒体播发了北方专家经过研究后的推断——“非典型肺炎病原是衣原体”。报道称，衣原体引起的肺炎采用针对性强的抗生素治疗非常有效。这一权威机构发布的权威消息，让很多人以为找到了“真凶”，可以松一口气了，但我却忧心忡忡，因为，根据广东专家当时对疫情的诊断研判，“非典”病原并非衣原体。

当晚，南方日报记者来向我求证。我再次讲述了广东专家们的论断分析，我们认为本次非典型肺炎是病毒性肺炎的可能性极大，我们对病原是衣原体的结论持保留意见。之所以坚持己见，是因为我们的理由是充分的：当时广东已基本探索出一套行之有效的治疗方案，经过反复推敲、完善，得到广东卫生行政部门的认可，并下达至各省直、市、地区、县和驻穗部队医院，成为抗非过程中在广东省境内起到重要作用的治疗方案。据统计，广东的死亡率不到 5%，成为世界上治疗“非典”成绩最好的地区。

我们相信，这套根据临床第一线观察和实验制定出来的治疗方案是符合实际的，是行之有效的。因此，面对北方专家的“论断”，我们向南方日报记者提出了对“非典型肺炎病原是衣原体”之说的几点质疑。一、衣原体肺炎一般呈散发性，流行的可能性不大，但“非典”有局部爆发性流行的特点；二、衣原体肺炎死亡率不高，大概在 0.1%—1% 之间，而且发病也不凶险，比如发烧热度不会太高，与“非典”病人不同；三、衣原体肺炎属肺间质肺炎，肺泡隔会增宽，但“非典”死亡病例尸检显示，肺泡隔变化不大；四、北方的专家在“非典”死亡病例中找到了衣原体颗粒，我们认为这可能是并发感染死亡的原因，并非引起“非典”的病因。

次日，《南方日报》报道了我们的质疑和分析，《非典型肺炎病原是衣原体?》这篇新闻稿虽然只有几百字，却在关键时刻发出了广东专家的声音。正因为坚持了科学精神、实事求是的态度，我们敢于质疑按衣原体的结论制定治疗方案的论断，避免了其可能造成的不良后果。

我出身于医生家庭，父亲一直是我做人从医的榜样。他是一位严父，很少称赞我，唯一一次表扬我，是我在英国留学时，我的导师给大使馆写信肯定了我的工作。之后，我收到了一封父亲的来信，他说：“你确实证明了中国人并不是不行的。”2003 年清明节，我站在父母的墓前告慰他们：“我没有辜负你们的教诲，不违背良知，不说假话!”

在科学面前，我们只能实事求是，否则受害的将是我们自己。感谢《南方日报》对事实的尊重，对生命、对科学的尊重，让我们最终共同赢得了“生命保卫战”。

去年的“8·19”首个中国医师节，我在《南方日报》、“南方 +”客户端为广东医生打造的音乐视频主题歌《相信》中，表达了作为医者的心声：“病人的信任是我最大的动力，病人的康复是对我最大的鼓励。”感谢《南方日报》、“南方 +”客户端一直关注广大医务人员，为我们这个群体发声，也让我们为自己“代言”。

祝福《南方日报》、“南方+”越办越好！

（作者系“改革先锋”奖章获得者、中国工程院院士、著名呼吸病学专家。本文由南方日报记者李培整理）

“朝阳文化”发表的前前后后

□ 刘斯奋

20 多年前，也就是 20 世纪的 90 年代中叶，我有幸在《南方日报》发表了《朝阳文化、巨人精神与盛世传统——关于社会主义新文化建设的几点思考》。文章长达 1.1 万字，尽管是针对当时文化界的现实而写的，但《南方日报》愿意提供宝贵的版面全文刊出，仍旧显示出编辑部的眼光和魄力。事实上，这篇文章如果不是刊登在《南方日报》而是刊登在别的地方，恐怕不会受到如此广泛的关注；对广东文化建设，也未必能迅速产生相得益彰的积极作用。值此南方日报社庆之际，忆及那一段文字缘，弥觉可念可珍。

我是 1993 年接任中共广东省委宣传部副部长一职的，主要分管文艺工作。当时可以说是遇上了一个好时机。因为在中共十四大上，实行社会主义市场经济的大政方针得以正式确立。此前关于姓“社”还是姓“资”、计划经济还是市场经济的争论终于尘埃落定。这为我深入思考社会主义的文化建设问题，提供了一个明确的、全新的出发点。但当时一些报刊提出诸如“广州是否变成了文化沙漠?”“广东能够摆脱港台文化的影响吗?”等尖锐质疑。在创作思想方面，就全国而言，则出现两个极端：相当一部分文艺家，还沿袭农业社会的审美惯性，醉心于对贫穷、落后、苦难的揭示和展览；而另一些人则迫不及待同世界接轨，对西方流行的所谓“现代艺术”顶礼膜拜，热衷于引进仿效。我经过深入的调查研究，特别是对广东先行一步中的文艺现实进行思考，提出：通过改革开放，实现从农业文明向工业文明的飞跃，这是历史发展的总趋势，是不能回避，也不可抗拒的。正确的态度不是惊慌失措、埋怨指责，而是抛开叶公好龙的心态，勇敢投身进去，努力驾驭社会主义市场经济这条“真龙”。与此同时，广东的文艺创作也出现非常值得重视的动向，连续涌现出《雅马哈鱼档》《公关小姐》《外来妹》《情满珠江》等一批拥抱改革开放现实，真切反映人民大众通过诚实劳动争取美好生活的影视作品，并迅速在全国掀起收视热潮，产生巨大的反响。这更坚定了我的信心，于是继提出要用新的、符合中国社会发展方向的文艺批评标准，来审视衡量广东的创作之后，又写出《朝阳文化、巨人精神与盛世传统》这篇长文。我的主要观点是：一、围绕社会主义现代化建设的总体目标，当前我们的任务是要建立属于工业文明性质的文化。为了迎接这种生机勃勃的朝阳文化，我们不应再对看似无限美好、其实已是夕阳西下的农业文明恋恋不舍。二、为了迎接和建设代表中国未来的朝阳文化，我们要提倡一种巨人精神。这是一种深深根植于中国的现实，与人民大众的情绪和意愿息息相关的精神；一种敢于正视矛盾、直面人生，并通过不屈不挠的艰苦努力去实现崇高理想的精神；一种具有无比丰富生动的内涵和纷繁奇丽色彩的精神。三、在我国漫长的发展历史中，既经历过盛世，也经历过衰世。两者都曾经直接影响着文化传统的形成和分流。在身处中华民族伟大复兴的今天，面对工业文明新文化建设的历史课题，我们应当继承以雄强、博大、开拓、进取为特征的盛世传统。

文章在《南方日报》发表后次日，《羊城晚报》便在头版头条加以摘要报道，随后《人民日报》又摘要刊登，引发了广泛反响。时任省委书记谢非同志也注意到了这篇文章。之后，我又到广东文艺创作的一线作了多次宣讲。还记得一些部队文艺工作者跟我说，文章的观点非常适用于他们的创作。

思路和目标清晰之后，广东的文艺创作也掀起了新的高潮。随后，接连推出电视剧《英雄无悔》《和平年代》，电影《警魂》，歌曲《春天的故事》《走进新时代》等，它们都更加热烈地拥抱改革开放的社会现实，更加尖锐地切入了生活矛盾。它们与前文所列的作品一道，形成一道亮丽的风景线。特别是影视作品，可以毫不夸张地说，当时在全国产生了引领潮流的作用。

那几年，广东是全国“五个一工程”奖的获奖大户，引得其他省份都专程前来“取经”。而对广东文化的质疑之声也渐渐沉寂下去，不大听得见了。

（作者系广东省文联原主席。本文由南方日报记者李培整理）

我从“海风”中走来

□ 章以武

日月流转，几十年一晃而过。我的文学生涯，从《南方日报》的“海风”中开始！想起“海风”，因为有爱，心生波澜。那里有我青春阳光的闪烁，有我裹着蓝色海水的深情，有滚烫的你我相知的心！

1958年，我的处女作小说《第二次交锋》，在《南方日报》副刊头条的位置发表了。当时，我是华南师范学院中文系一年级学生，在广州郊区文冲乡，参加为期一个半月的务农实践。我发现，从来围着锅台转的大婶，竟然在一次乒乓球赛中战胜了咄咄逼人的长辫子姑娘。好新奇，好感动！我年少轻狂，突发奇想，写了2000字的短篇小说《第二次交锋》，投稿给省里第一大报。20天后，竟赫然刊登了。天哪，天上真的掉下馅儿饼了，我狂喜，我流泪，薄雨中，我久久站立报栏下发呆，这不是做梦吧，这怎么可能?!

不久，《南方日报》副刊上刊登了一篇读者来稿，赞美《第二次交锋》，说它构思精巧，洋溢着农村生活的芬芳。我读后心中怦怦然，那也是编辑部的观点哩。我几次经过当时还在东风路的南方日报社大门，想进去道一声感谢，表达我由衷的感激，却又不敢。我想我一个瘦削的穷学生，有什么资格随便闯入大单位?！我知深浅，我很自卑，我心潮起伏，频频回首注目致礼。我想，有朝一日，赤脚的学生哥会奔跑了，我再来！

1959年之后，《南方日报》陆续发表了我的小说《公社广播员》《翠柳》《在密密竹林里》，都是头条。跟我联系的编辑是我尊敬的、终身不忘的关振东老师。没想到后来惹麻烦了。《在密密竹林里》，讲农村少男少女在竹林里谈情说爱。其实，小说行文很拘谨，这对恋人既无面目传情，也无相依相缠的甜蜜，只是在竹林里谈理想，谈雄心壮志，怎样让家乡的水更绿山更青。不久，读者来信批评这篇小说：为何不写农村改天换地的豪情壮志，偏偏要钻进竹林卿卿我我，宣扬小资情调？作者的世界观要认真改造。于是，我在中文系挨批评了。足足大半年，我什么也不写，心意沉沉，泡在图书馆里读书做笔记。这时，关老师兴许听闻了什么，用毛笔给我写了几封信，大意是：要靠拢组织，戒骄戒躁，团结同学，不要独来独往，自我清高；要热爱生活，留心生活，有感而发；要坚持创作，切忌患得患失；成长是痛苦的，有代价的；当你真的写出人民群众喜闻乐见的好作品了，世界就会变得和颜悦色！

关老师的教导、鼓励、安慰，无疑像一股清泉注入我苦涩干旱的心田！关老师啊，你什么模样？我见不到。你干吗对一个素不相识的无名小卒如此悉心关怀?！你是如此地敬业，如此地爱护作者，如此地具有爱心！何年何月，学生能双手敬你一杯茶，递上一支烟？

1987年，我的短篇小说《白鸽飞翔的楼台》，获得了当年《南方日报》优秀小说二等奖。那时，我的小说、影视、话剧已得到过国家级、省级、市级的不少奖项了，然而，“白鸽”是从“海风”里展翅飞翔的，这个奖沉甸甸的，格外有分量，让我觉得格外亲切，格外珍惜！时光飞逝，2014年，省里决定出我的作品选。可我找不到“白鸽”，躲去哪了？经朋友介绍，《南方日报》副刊的李贺老师在报社资料室中找到了当年这篇文章，复印下来。

2015年的一个深夜，突然，一条微信进入我的视线：“教授，刚读罢你为范老师的散文集《失梦庄园》写的书评：《历史的记忆，人类的良知》，写得真好，明天送审，应该行的……”哦，大冬天，凌晨一点，更深夜静，《南方日报》副刊编辑陈美华还在电脑上工作。当编辑，不容易，肚里有货，双眼识货，幕后英雄！令人肃然起敬！这不正是“海风”人的做派与腔调?！我回了信：“别熬夜呵，临水照花人！”

2017 年，省里为我召开了“广东文学名家章以武学术研讨会”，《南方日报》整版进行了报道与评述。对一个作者如此厚爱，这在广东新闻界是罕见的！友人说，你与他们关系很铁？我答，我是在“海风”吹拂中生长的！

年年岁岁，岁岁年年，《海风》编辑部像青春的流水线，流过多少光荣与梦想，流过多少俊逸的身影与娟秀的面庞！“海风”编辑部总是初心不改，胸襟开放，敞开大门，欢迎着一批又一批的资深与稚嫩的作者与他们一道，将正气的朝气的大气的侠气的，记录伟大时代的精品力作，奉献给南粤大地！

我的文友对我说：“教授，看到你我就不怕老！”是的，“海风”的暖气在我背脊上吹，推着我向前走，让我有勇气，扛着舢板继续寻找河流！

（作者系著名作家、第二届广东文艺终身成就奖获得者）

伴我成长的良师益友

□ 罗必良

我 1993 年调入广东，随即与《南方日报》结缘。她的“高度”及其“影响力”，使之成为我一直必读的重要报刊之一，成为我观察广东与改革开放的窗口、把握政策与发展趋势的风向标，同时也成为我表达思考的重要平台和伴我成长的良师益友。

记得我第一次在《南方日报》发表的文章是《土地使用权能不能入股》（1994 年 9 月 26 日），第一次进行政策解读的文章是《新阶段扶贫面临战略转移》（2002 年 5 月 20 日），第一次发表的政论文章是《国家利益高于一切》（2005 年 4 月 26 日），第一次发表的专版文章是《以中心城镇建设推动新农村建设》（2006 年 4 月 12 日）。

我的很多学术论文与专著的最初思想，有不少是最早刊发于《南方日报》的。比如，《尊重农民》一文（2002 年 4 月 29 日）是我长期关注农民行为机理的起点，《减少农民才能富裕农民》一文（2004 年 2 月 25 日）是我对“三农”问题研究的视野拓展到农外的转折点，《提供制度服务是政府的首要责任》一文（2004 年 7 月 28 日）是我思考政府与市场关系的阶段性思想转换，《观念、制度与思想解放》一文（2008 年 10 月 9 日）则是我将产权、制度进一步延伸到文化解读的理论拓展。

我一直非常喜好《南方日报·观点》版的《热门话题》专栏（被评

为“中国新闻奖名专栏”)。围绕一个热门话题、进行一个深度解读，一个整版的篇幅，能够让作者的观点得到充分表达，颇有荡气回肠、酣畅淋漓之感。在这个栏目我发表了多篇专论，包括《观念、制度与思想解放》《土地流转：城乡一体化新路径》《诚信：降低交易成本的激励机制》《农地制度变革指向发展方式转型》等。

最难忘的是1996—1997年，我在《南方日报》理论版开设的个人专栏。尽管过去了20年有余，至今回想起来依然对《南方日报》充满感激之情。1993年初，我有一次逛书摊时偶然发现，摊上几乎没有什么经济学之类的书。我想这大概是因为一般的经济学书太“阳春白雪”了，难登地摊“大雅之堂”。于是突发奇想：写一本通俗的经济学书。1994年上半年我在给学生讲授经济学时，常常列举一些生活中的事例来说明经济学的原理，学生觉得非常有趣而易懂，课堂变得生动活泼。于是就奠定了我的新书的思路：第一，这本书不能像一般经济学教科书那样，充满专业术语与数学公式或图表，而是要让具有中学文化程度的人就能读懂；第二，这本书应以通俗的语言解说日常生活中的现象与行为，通过讲“经济学故事”来传播经济学知识；第三，这本书是由一篇一篇的小文章串起来的，每篇千余字，每文讲述一个经济学原理、分析一种生活现象或行为，给读者一点启示；第四，这本书应具有可读性、趣味性、知识性及哲理性，不仅要给读者传递一般的经济学知识，还要向读者介绍较为前沿的经济学成果。自此之后，我就着手搜集资料与素材，准备文章题目。但因平时科研与教学工作甚为繁重，一直未能动笔。

1995年底，在一次学术研讨会上，我遇到了老朋友——南方日报理论部的雷渡桥先生。当我把想法告诉他时，他当即建议我先在《南方日报》理论版开设专栏，然后再结集出版。我提出专栏的名字就叫《活个明白——经济学告诉你》。会后没几天就得到报社的肯定答复：第一，同意专栏的名称；第二，专栏办一年；第三，每周刊登一篇。要知道，《南方日报》理论版开设个人专栏可是头一回。这不仅表明了报社的慧眼与胆识，而且也反映出报社的新追求。1996 年 1 月 2 日《活个明白——经济学告诉你》开栏时，南方日报理论部还特地配发了编者按《让理论走向大众》。只是没有想到这个专栏一办就是两年。

我在出版同名文集的序言中特别写下了这样的文字："当我结集整理本书时，我由衷地感谢南方日报社及其理论部，正是他们'逼'着我像挤牙膏似的写了一篇又一篇，从而才有今天的篇幅。许多学界的朋友及读者朋友的不断支持与鼓励，才使我们有勇气写下去并将之结集出版。"

该专栏凝聚了报社及理论部同人的心血，也获得了良好的社会效果。广东省新闻工作者协会与广东省新闻学会授予《活个明白——经济学告诉你》1996 年度"广东新闻奖"专栏一等奖，同时，全国报纸理论宣传研究会将该专栏评为 1996 年度"优秀专栏"。《中国记者》1997 年第 10 期在"好栏目"中还载文对本专栏给予高度评价。尤其值得欣慰的是，中共中央宣传部新闻局连续两次分别在《新闻阅评》（1997 年第 330 期）、《内部通信》（1997 年第 12 期）发表意见，认为此栏目颇有特色。

其实在结集出版文集之后，我还与理论部约定写作新的专栏《人生"核算"——一辈子的经济学》，可惜后来因为事务杂乱、教学科研任务繁重，一直未能付诸实施，实为憾事。

《南方日报》不仅开阔了我的观察视野、提升了我的思考高度，而且通过约稿也敦促我不断成长并学会通俗易懂地讲述"中国故事"。记得该报 2003 年 12 月 11 日刊发的《经济学家罗必良》，介绍了我的学术兴趣与学术观点，这是对我的极大鼓励，使得我一直"不忘初心"；南方日报多次授予我"积极通讯员""优秀通讯员""十佳通讯员"等称号，是对我的不断鞭策，使得我一直"牢记使命"。

"崇尚学术、关注现实、服务社会"是我作为学者的信念，"高度决定影响力”是《南方日报》的办报理念。正因为如此，我总是视《南方日报》为良师益友并一直仰视之。

祝《南方日报》越办越好，更有高度，更有影响力。

（作者系华南农业大学国家农业制度与发展研究院院长、长江学者）

一同下乡的岁月

□ 涂高坤

1996 年的春天，我与南方日报记者邓红辉一行，驱车来到全省面积最大的县（县级市）——清远英德市，在广袤的山里兜兜转转了整整两天，寻找那些适宜开垦的耕地。

第二天下午，当地干部说，要不带你们到山头上看一看，说不定会有惊喜。我们用了一个多小时，徒步爬上山顶。登顶瞬间，视野豁然开朗，山间盆地里，一大片正在开垦的宜农荒地浮现在眼前。

在当时，广东耕地不足的矛盾已经凸显，人均耕地面积仅 0. 034 公顷（0. 51 亩），在全国 30 个省、自治区、直辖市中排倒数第二，大大低于联合国粮农组织划定的人均耕地 0. 0533 公顷的警戒线。

其时已近黄昏，夕阳映照之下，约千亩宜农荒地更显壮观，我不禁热泪盈眶。经过一番深入调研，回到广州后，我与邓红辉合作，在《南方日报》上发表了《英德耕地在增长，七年垦荒四千多公顷》的新闻报道，为全省查荒复耕工作带来好消息、好经验。

其实，这只是那些年与南方日报打交道的一个缩影，却很好地诠释了我与南方日报的深情厚谊。

20 多年前，作为南方日报通讯员，我们与记者的沟通方式和现在有所不同，文来文往少，线上互动少，但电话沟通多，当面交流多，与记者一起下乡调研更是常态。

据不完全统计，从1995年至2000年，我在省国土厅办公室、政策法规处工作期间，以通讯员署名在《南方日报》上发表的新闻报道就有20多篇。这些报道围绕省委、省政府中心工作，通过与跑线记者深入合作调研，借助《南方日报》的高度影响力，来推进部门工作，鼓舞士气、凝聚共识，成效斐然。

在此过程中，我与当时南方日报负责国土报道的记者邓红辉结下了深厚情谊。工作之外，大家也视对方为良师益友，到对方单位“串门”交流是常事。

很多时候，两人共处一室，清茶一杯，围绕我省国土资源领域的中心工作，一起探讨交流，聊到深处，时间过得飞快。犹记得，我们曾一起讨论集体建设用地入市的话题。当时顺德被确定为全国农村集体土地管理制度改革试点，探索性地提出“同地同价同权”的改革思路，后来逐步在全国进行推广。

有时候遇到好的新闻选题，还会邀请记者和业务处室一起讨论，一起下乡调研。彼时交通不像现在这么便利，到农村调研，一去就是四五天，但却真真正正走进了基层，走到了群众当中，也亲身体会了南方日报记者勇于调研、善于调研的优良传统。

在做南方日报通讯员的数年间，于我个人而言，受益良多。通过与记者一起跑基层一线，锻炼了调研能力；通过向《南方日报》投稿，提升了文字驾驭能力；更为重要的是，在与省委机关报打交道的过程中，也不断提醒自己要站在更宏观、更全面的角度来看待事情、发现问题、解决困难，这些都使我终生受益。

谨以此文祝南方日报70岁生日快乐，也愿《南方日报》越办越好。

（作者系广东省工业和信息化厅厅长）

《南方日报》带我共成长

□ 胡小燕

我的人生就是以十年为一个转折点的。

1998 年初，赶着改革开放的第二波浪潮，我从四川农村来到了佛山三水。那时我连普通话都不会说，自行车也不会骑。2008 年初，因为入选过“佛山市十佳外来工”，平日里喜欢表达，我被选为第一批农民工全国人大代表之一，为这个群体发声。2018 年底，我又幸运地在改革开放 40 周年之际当选为“改革先锋”。

2008 年时，从一个普通打工者到全国人大代表，我一下子被拉到了聚光灯下，各家媒体都向我涌来。也正是从这一年起，我与《南方日报》结下了 11 年的缘分。

原来在工厂时，对媒体这个行业了解不够多，在接受媒体采访前，心情总会有些忐忑。我告诉自己，其实媒体关心的是我背后的这个群体，而不是我本人，这样就放下了思想包袱，为农民工这个群体发声。

熟悉我的人都知道，我是一个直来直去的人，想到什么便说什么，再加上自己来广东前只是初中毕业，学习到的文化知识有限，虽然想表达的东西很多，但是有时说出的话却不尽完善。南方日报记者则站在省委机关报的高度，为我提供了不少宝贵的思路。

“农民工子女异地高考”这个建议，我最初是在三水区的会议上提出来的，以为在当地就可以解决问题。但在接受采访时，记者告诉我，这件事情是全省，甚至是全国层面上的，要从更高的角度去反映问题。这给我的工作带来了启发，于是，我把这个建议带到了全国人大会议上。

作为一位基层走出来的打工者，我所说出来的，大多都是现实中的具体问题和农民工的需求，比如外来工子女高考问题、住房问题。我体会到了问题的存在，但是对问题的考虑却不够宏观，自己也不懂那些问题背后所涉及的复杂体系。当我告诉了记者这些问题后，在记者的笔下，报道则层层深入，由表及里。他们真正找到了问题的痛点和难点，为问题的下一步解决寻找方向。

这些年来，我从南方日报的记者身上学习到了许多原来不懂的东西。不论是最初在人大会议上采访我的记者戎明昌、陈芷伊，还是后来不断关注我的佛山站记者盛正挺、卢浩能，这 11 年间，我接触了十几位南方日报记者，他们都用自己的笔杆子，为农民工这个庞大的群体说出了心声，写出了力量。他们为农民工群体维护自身权益做了更加专业的宣传工作，《南方日报》能让声音更响亮、切入点更准，用更加开阔的视角传达农民工的声音。

现在，我在三水区总工会已经工作了 8 个年头，这份工作对我的能力也有新的要求。前几年，我喜欢阅读党报，提升自己的思想水平。这些年，随着阅读习惯的改变，我也开始转战到“南方 +”上，关注时事评论，更关心里面提及的佛山发展，特别是其中三水发展的问题。

我尤其喜欢看“南方 +”中的分析文章，如大湾区机遇下的三水格局、三水如何加速融入大湾区、三水如何进行高质量发展等话题。这些文章分析透彻，我经常把其中的观点引入自己的工作中。

在周围人眼里，“小燕”本身就是正能量，努力为外来打工者创造更好的生活。到广东后的这 20 多年，我一直都是靠自己的双手干出来的，即使困难重重，我也在内心坚信着“明天会更好”。而《南方日报》作为党报，所宣传的正能量也是我一直以来前进的动力。

今年是《南方日报》创刊70周年，我和《南方日报》也一同走过了11年。祝福《南方日报》越办越好，引导大家去关注广东的正能量，也希望更多的人关注《南方日报》，升华自己的思想。

我经常有这种感受：有的时候我知道却说不出所以然的事情，答案却能在报纸里找到。《南方日报》引导我一步一步地去成长，对我能力的提升也起到了很大作用。这些年的工作锻炼加上阅读报纸的思想提升，让我从一个工厂职工蝶变为一位可以更好地为职工们服务的“娘家人”。

感恩《南方日报》，感恩这些文字和思想带着小燕共成长。

（作者系“改革先锋”奖章获得者、全国人大第一批农民工代表、佛山市三水区总工会副主席。本文由南方日报记者王越莹整理）

一次平常但不平凡的采写

□ 曹南才

20 世纪 70 年代初，我作为知青，被调到广州军区某师报道组工作，经常为报纸写稿。师部在湛江市区。

有一天，接到通知，说南方日报社有记者要专程来采写一位知青典型人物，此人刚被选定为准备参加新一届全国党代会的代表。这位人物，我们一两年前就已经写过不少了，还好几次陪同几大报的记者团，浩浩荡荡深入采访，几上几下，感觉也写尽了。南方日报记者这次再来，还能采写出什么新名堂呢？看得出，宣传科领导也有点不太在乎，只是让我们两个小年轻负责接待和配合，尽量多提供材料。

我们接到任务后，安排好接机接车和食宿，等待南方日报记者的到来。有一天，突然接到一个电话，说南方日报记者已经住在兵团招待所了。我们赶紧过去，发现来的只有一个人，矮矮个，圆圆脸，穿一件十分平常的运动恤，还卷起半个袖子，十分平易近人，与我们想象中省报大派头记者的样子相去甚远。他开腔自称是“刘再明，政文部的”，并表示自己已经订好了住宿，可以立刻开始工作。我们说为他安排了套间，方便写作，他咧着嘴笑了笑，说：“不用，有张桌子足矣。”

我们来不及向领导汇报和请吃饭，便和刘记者驱车直奔化州县，沿着崎岖山路，直插偏僻的连队。吃过简单的晚饭，连夜开座谈会，接着又和采访对象聊了很久。白天，刘记者到处走走，看看橡胶林、菜地等，遇到老工人便问长问短，乐呵呵的。连续几天，马不停蹄。我们赞叹他采访的作风很扎实，但也有点纳闷，这和以前问的内容差不多呀，他究竟有什么高招？

采访回来的路上，刘记者饶有兴致地谈起一些事例，特别对“一杯糖开水”的故事很感兴趣。这个故事说的是有一次劳动回来，采访对象觉得很累，头有些痛，老班长看在眼里，悄悄端来一杯糖开水给她喝，她顿时全身暖洋洋的……记得以前好像也听过这件事，但并没怎么在意，刘记者这么重视，我们真有点奇怪。

当天回来已很晚了，第二天一大早，刘记者来电话说文章已经写好，交我们审定。我们一看，洋洋洒洒数千字的文稿居然一夜之间赶出来了。更令我们震惊不已的是，这篇文章不但主题和切入角度与以前不同，而且很多材料都很新鲜。譬如有一段题目是“三次选择”，写的是下乡前，市里曾经安排采访对象到红代会工作，或者到工厂去，但她坚决选择了下乡，我们此前采访多次都没听她说起过。应该承认，当年我们尚年轻、幼稚，那时写作上又普遍存在很多形式主义的东西，写人物往往习惯于突出其高大全的形象，未免使人感到空泛。相比之下，刘记者的稿件突出了老工人对人物的影响与教育，譬如“一杯糖开水”就引出了很多生动的故事，读后令人感到亲切可信，这和现在说的“接地气”是一样的。

这件事过去多年了，但我印象一直很深，因为在我的写作生涯中，是第一次懂得什么才是好文章，怎么才能写出好文章。这是我一次不可多得的启蒙教育。

（作者系中共广东省委原副秘书长、省委巡视组原组长）

怎一个“谢”字了得

□ 姚泽源

看了“我与南方日报”的几篇征文，不由勾起我的记忆，情不自禁地拿起笔来。

20 世纪 70 年代初，我在家乡的公社报道组工作。我自觉勤奋，每天骑着那辆除了车铃不响、几乎处处皆响的旧单车，到选定的村庄采访，晚上就在公社大院二楼的住所写稿。常常是写至深夜，誊写数份，第二天一早匆匆拿到附近的邮电所，投入让我充满期待的墨绿色的邮箱。许是中学生的作文痕迹太重，许是仍未掌握新闻写作的规律，因此寄出的稿子，除了被县广播站采用外，并未在人们白天翻阅的报纸上留下字迹。好几个月了，我虽日出而作，日落又作，但奇迹仍未出现。一天清晨，当我拿着一份熬夜弄出来的稿子，兴冲冲地投入希望的邮箱时，冷不防，一个异样的声音在耳边响起：“几个月未见报，白吃饭!”循着声音望过去，原来是公社一位中层干部站在不远处，叼着烟，瞅着我，满脸的不屑。我打了个寒噤，尽管还是秋老虎的日子。周末回家，吃晚饭时，只听见母亲对我说：“不能白吃饭。实在不行，就辞职回家种田吧。”话从母亲的口里说出，让我大吃一惊。乡村消息较为闭塞，而母亲居然听到了，可见那句“白吃饭”的话流传得很广。母亲本分、充满期待而又有点无奈的话，让我羞愧难当。我可是母亲的希望呀！我一时语塞，匆匆扒了几口饭，也不在家里住了，连夜骑车赶回公社我那小房间。

为了不让母亲失望，也为了让家乡有价值的东西让更多的人知道，我给自己拧紧了时间的发条。我似乎比过去更感到时间不够用。除了参加会议外，我每天简单用过早点就出发，太阳下山才回来，时时在饭堂吃搁在锅里的饭菜，晚上则在小房间赶稿。离我房间数步之遥的电视室，每晚都有不少人围着边看边聊天，我一只脚也没有踏进去。一天，快到午饭时间了，我正从外面开会回来，蓦然听到一个声音："这小子见报了。"我突然悟到什么，快步冲进办公室，夺过他人正在阅读的报纸。我定睛一看，只见当天《南方日报》的头版，刊登了我一篇写勤俭办婚事的稿子。我开始还有点不相信，揉揉眼睛再看，果然，没错！于是，我拿着报纸冲出办公室，在院子里大声喊道："我的文章见报了，我的文章见报了。"许是压抑得太久，我喜极而泣，泪流满面。

以后的事就不用细说了，"白吃饭"的话从此消失，连那位讥笑我的中层干部，有一次见到我，竟微笑地拍拍我的肩膀……

后来我在广州读书，毕业后分配到省直机关工作，因有当过"土记者"的经历，我常替单位向《南方日报》投稿。岁月悠悠，我不时记起小时候在家乡的小阁楼看书而萌发的作家梦。于是工作之余，常常在稿纸上涂涂抹抹。一开始，仍像当年写新闻稿一样，寄出去的东西，转一圈又完好地回到手中。已没有为稻粱谋的压力，完全是兴之所至，我"屡败屡战"。

依稀记得 1986 年 8 月的一个清晨，我骑着单车上班，习惯性地在路边的报栏前停了停。这一停，给了我一个惊喜，这不，不久前我寄出去的一篇散文《旧屋》，是写乡情的，竟刊登在《南方日报》副刊的头条。我"哦"了一声，喜悦的心情不亚于当年初见刊登的新闻作品。自然，我不会像当年那样，冲上大街高喊"我的文章见报了"，而是静静地站着，把变成铅字的作品读了一遍又一遍。这可是我首次发表文学作品，《旧屋》是我的处女作呀！读够了，我走到附近的报摊，掏钱买了几份当天的《南方日报》。我伫立街边，发觉天空怎么这样蔚蓝，树怎么这般青翠，连平时马路上嘈杂的汽车声，此刻也像音乐般美妙……

正是《南方日报》给了我底气，使我越发往前走。后来，我的散文陆续在《散文》月刊及省外的一些报刊发表。但我仍喜欢向发表处女作的《南方日报》投稿。《红荔流思》《“珠江水”流向草原》《在火车上》等作品在《南方日报》先后发表。这都是我心中流出来的情感的泉水。上述作品，后来都收入我在花城出版社出版的散文集《荔枝红了就回来》里。《散文》月刊原执行主编、作家贾宝泉老师为我的散文集写的序言《素以为绚的清水芙蓉》，也在《南方日报》副刊转载，不少朋友看到后竟跑到书店去买——这是后来他们告诉我的。

《南方日报》发表我的新闻作品，解决了我的“白吃饭”问题。省报的权威性等于给我颁发了一张合格的上岗证。而文学作品首次在《南方日报》发表，激发了我的创作热情，使我与作家梦似乎靠近了一点。因创作需要经常阅读和思考，从而增长了知识，拓宽了视野，让我的人生变得丰盈，也促进了工作的开展。这一切，均与《南方日报》有关。对此，怎一个“谢”字了得！涌泉之恩，滴水焉能相报？我只能在心中默默祈祝：《南方日报》，如树长青，如日东升！

（作者系广东省老区建设促进会副会长兼秘书长，曾任广东省人大常委会副秘书长）

南方的高度

□ 何锦胜

数十年了，我几乎每天都看《南方日报》，哪怕外出，不管多久，回家后都要抽空将积压的报纸浏览一遍。一日，朋友光临寒舍，我放下手中的报纸，赶紧烧水洗壶冲茗。朋友落座，看到我撂在一旁的《南方日报》，拿起来抖了抖说："手机里的新闻信息应有尽有，你还看这个？"他瞄了瞄又问："这南方报，干吗要与众不同地在报名下方镶嵌那么显眼的'高度决定影响力'？"

随着一泡"老班章"出壶入杯，看到那清可见底的红汤，闻到那四散飘溢的茶香，我们的话题集中到了普洱茶的种类和特色上。但是，茶淡客去后，朋友甩给我的话题，一直萦绕在我心中挥之不去。前些日子，我看到"我与南方日报"的征文启事，如石击水，浮想联翩，于是，便有了这番可以公开的"答朋友问"。

我爱看《南方日报》，不只因为我是广东人，还在于，我从20世纪70年代初开始便经常给《南方日报》投稿，与《南方日报》结下了不解之缘。《南方日报》报头的"高度决定影响力"，我从未了解过其因何提出、有何内涵。但按我的理解，就报纸而言，大概是指，在新闻、信息乃至其他稿件的选择处理上，唯有始终定位于省委机关报的特殊位置，纵观全局，缜密审视，彰显"南方的高度"，突出"南方的特色”，才能发挥自己应有的影响力。至于这种办报理念始于何时，我亦不得而知，但起码在 30 多年前，我在原广州军区新闻处任副处长时，就不止一次感受过南方日报的报人们执着追求“高度”的炽热氛围。

1985 年 10 月间，解放军英模报告团第四分团到广东巡回报告对越自卫还击战的英模事迹。英模报告团举行首场大型报告会的前天上午快下班时，我接到时任南方日报社社委范以锦的电话。因为熟识，他单刀直入说，现在急需我支持一篇反映英模事迹的稿子。他说他不想要“千人一面”，家家报纸都差不多的“大路货”，只想请我执笔，写一篇只给《南方日报》的独家新闻。

电话里，老范觉察到我有点迟疑，便解释说，他约我写这篇稿子的原因有三：一是作为省委机关报，他们需要从广东的角度考虑，突出报道一些广东籍英模的事迹，以体现地方报纸的特色，扩大英模在广东的影响力。二是他们打听到英模报告团里有一位广东紫金籍的女英模叫钟惠玲，编辑部想把她作为宣传对象，但苦于报告团活动多，地方记者很难在短时间内找到采访机会。三是我比较容易采访到钟惠玲，尤其我对作战训练方面的报道比较熟悉……老范像竹筒倒豆子似的，一股脑儿地说出报社的意图。末了，又特别交代：按编排时间，务必明天上午交稿，并且，虽然时间很紧，也要保证质量，要写出点新意来。

我深为老范为一篇在我看来是再普通不过的大会报道，都如此严格按新闻规律办事和执着追求报纸影响力的精神所感动。吃过午饭后，我顾不得午休，立即翻阅有关资料，列好采访提纲。下午上班后，我很快通过相关部门到英模报告团采访了钟惠玲。傍晚刚放下碗筷，便开始伏案写作。

一个晚上写一篇人物通讯不算太难，难的是“要写出点新意来”。我咬着笔头思来想去，终于想到，伤员们不是因为钟惠玲不知疲倦地照料伤员而称赞她像嘀嘀嗒嗒行走的小钟吗？“小钟像小钟”……有了！于是采取开篇埋伏笔、然后“解扣”、篇末点题的写法，先叙述伤员们称赞钟惠玲是“名副其实的‘小钟’”，抛出“本姓钟，又年轻，称她小钟再准确不过，何故还要加个‘名副其实’？”的悬念。接着，连续用4个自然段叙述她如何做好伤员救护工作的具体事迹，最后用钟惠玲每天从早到晚的“工作时间表”收尾并点题：“她，的确像上满了发条、不知疲倦的‘小钟’。”我记得，当我将这篇近2000字的人物通讯修改、抄正并装订好的时候，我书桌上的闹钟正好指向凌晨4点。

次日上午，我带上稿件，踩着单车，按时赶到南方日报社大楼。老范接过稿子，二话没说，立即看了起来。他翻一页，我的心就往上提一下，怀里像揣了只兔子似的。因为，通讯员的“文运”远不及“本报记者”，稿件被“枪毙”是常有的事情。但当老范翻到最后一页，只见他满脸堆笑，脱口说出一个“好！”时，我已提到嗓子眼的心才放了下来。第二天，题为《她像上满发条的钟——记“模范卫生员”钟惠玲》的人物通讯，刊登在《南方日报》头版左侧，不但装饰了标题，还配以钟惠玲的新闻照片，在整个头版中显得尤其突出。随后，英模报告团在广州进行第二场大型报告会，老范又约我写了另一位广东籍英模“侦察英雄”尤志强的人物通讯，要求是“要写出点新意来”。我在部队当了多年南方日报通讯员，这段经历给我的感受最为深刻。

20世纪90年代初，我转业到地方工作后，与南方日报的关系依然密切。在此期间，我发现，《南方日报》争抢独家新闻，追求高度和影响力的劲头有增无减。给我印象最深的是，在我担任广东省人事厅副厅长和广东省外国专家局局长期间，一天，梅志清找到我办公室，说社领导准备通过南方日报设立博士后工作站的新闻事件，从全省的角度，对博士后制度作一次较有深度的宣传。具体做法是，待工作站挂牌当日，由我与范以锦社长就博士后科研工作站的相关话题，进行一次有针对性的对话。挂牌次日，《南方日报》在头版发布挂牌新闻的同时，在第二版用整整一个版面，图文并茂刊登了范社长与我的对话。这个对话，既全面又具体、既专业又通俗地将博士后制度、广东博士后工作概况，以及南方日报设站该怎么看、今后该怎么做、怎么让博士后科研工作站成为南方报业腾飞的“助推器”等问题，一一呈现在读者面前。在广东，有关博士后工作的“豆腐块”新闻登过不少，但从未有过较有广度和深度的宣传。我的许多同行看后都说，这样站在全省博士后工作的高度，“一石二鸟”地展望博士后制度的今天和明天，宣传效果是大不一样！

说到这里，我想起了王之涣和他那首《登鹳雀楼》。据载，王之涣最初站在黄河岸边，虽然也看到了滔滔黄河奔流不息，一轮白日徐徐下落，但仍毫无诗兴。而一口气登上鹳雀楼的顶层后，极目远眺，为广阔的视野所震撼时，这才灵光一闪，神思飞来，从心灵深处流出“白日依山尽，黄河入海流。欲穷千里目，更上一层楼”的千古绝唱。这便是“高度”的重要性。我想，作诗尚且如此，办报何异？南方日报崇尚“高度决定影响力”不无道理！

（作者系战士报军事编辑室原主编，广东省人事厅原副厅长、原巡视员，广东省外国专家局原局长）

你为改革发先声

□ 赖诗仁

50年前的冬天，我下乡来到广东农垦属下农场。那时的我怎么也没想到，即将投身工作生活的农垦，会在新旧世纪交替之际走到一个十字路口，我有幸参与和主导了那一场决定广东垦区未来走向的艰难改革。因为这场改革，我从《南方日报》的读者变成了《南方日报》采访报道的对象。

1999年亏损3.93亿元的广东农垦，面临“生”与“死”的重大考验。由于遭受自然灾害和国际市场的冲击、亚洲金融风暴的波及、投资失误、经营机制不顺，农垦产业受到沉重打击，企业大面积亏损，资不抵债引起官司缠身，人心涣散，队伍不稳。广东农垦的生存问题从来没有这样严峻。

要生，唯有大刀阔斧杀出重围。

快刀斩乱麻。对直属一批亏损大户实行“关、停、并、转”，重整组合。整合垦区的优势资源，组建现代农业产业集团。在橡胶种植布局上实行三个集中：橡胶种植向优势农场集中，种苗培育向繁育中心集中，加工向专业化龙头企业集中。到2002年，广东农垦终于全面实现扭亏为盈，大幅降低了不良负债。在新世纪初绽的朝晖里，一条产业化、集团化、股份化、国际化发展之路逐渐清晰起来。

从死亡边缘，到起死回生，再到现代农业企业集团的崛起，广东农垦成功扭亏为盈引起时任南方日报经济部主任谭立谋的关注。他组织力量采访撰写《广东农垦大步迈向产业化》，在《南方日报》头版头条报道了广东农垦破解亚洲金融风暴危机的典型事迹。南方日报的支持，增强了大家的信心，也加快了农垦改革步伐，并引起有关方面关注。人民日报记者随后到垦区采访，并于2003年8月9日在《人民日报》头版头条刊发《3.93亿元亏损是如何扭转的——广东农垦系统改革脱困发展纪实》。2004年3月下旬，中宣部将广东农垦树为全国“改革创新、服务三农”的十大典型之一。

转眼已过去近20年，我也已离开工作岗位数载。回顾这一段经历，令我感触良多：

一是要牢记和继承农垦艰苦的创业传统。新中国成立初期，为了新中国的建设，由一大批转业官兵、土改干部、翻身农民组成了数十万农垦大军。他们当中，有参加过长征的老红军，有从东北一路南下到海南岛的老兵，有28年红旗不倒的琼崖纵队的老革命，也有从全国各地大专院校抽调过来的专家和大学生。在那艰苦的岁月里，农垦人守望相助，任劳任怨，艰苦奋斗，奉献一生，这种红色基因的传承，对我来说是一种激励，更是一份责任。

二是改革的成果要惠及群众。农垦的改革伴随着阵痛，在最艰难的时候，有的农场职工工资无法发放，几万退休人员生活费不能保障，长期拖欠。农场职工长年居住在危旧房，农场基础设施差。当时有一种呼声主张彻底解散广东农垦，把农场变农村，职工变农民。但这样做，问题没有解决。改革必须使企业发展壮大，职工群众民生得到改善，国有资产得到保值增值，而不是简单地卸包袱。这些年，垦区改革以群众利益为出发点，在经济发展的同时，加大民生投入，做好扶贫济困。安居工程的实施使7.3万户农场职工住入新居，美丽农场建设提升了农垦职工的幸福感。

三是要坚持和发扬“艰苦奋斗、勇于开拓”的农垦精神。农垦在长期艰难曲折的发展历程中形成了“艰苦奋斗、勇于开拓”的宝贵精神。2003 年，广东农垦整合组建了产业集团，利用农垦几十年种植天然橡胶形成的组织体制、科技人才、管理经验的优势，不失时机地走出国门，以世界的视野，用国内外资源开拓全球市场，再造海外新农垦。从 2004 年开始，先后在泰国、马来西亚、印尼、柬埔寨、老挝等东南亚国家建立了 40 多个天然橡胶项目，构建起集种植基地、产品加工、仓储物流、国际贸易于一体的全产业链体系。2016 年，接任的班子在“一带一路”倡议带动下，成功收购全球第三大天然橡胶企业泰国泰华树胶公司，成为全球最大的天然橡胶全产业链经营企业。艰苦奋斗、开拓创新的精神让农垦实现了一次华丽转身。

浴火重生！改革永远在路上。作为广东省委机关报的《南方日报》，关注广东农垦事业，为农垦改革叫好鼓劲，对广东农垦的改革发展起到重要推动作用，成为勇立潮头的观察者和发声者。

[作者系广东省农垦集团公司（农垦总局）原党组书记、董事长（局长）]

《南方日报》温暖了我

□ 郑松辉

2003年“神舟五号”载人飞船发射成功，举国欢庆。当年11月20日，我带着无比喜悦的心情，回到广东，我的家乡。正是因着这一场“回乡”的契机，我和《南方日报》结缘至今16年。

在华南理工大学举办的高校挑战杯总决赛现场，我看着台下众多年轻的面孔，内心无比激动。当日，我在会上作了题为《用成功报效祖国》的报告，给年轻人介绍“神舟五号”研制和发射的故事，以及航天员杨利伟安全返回地面的情况。让我欣喜的是，南方日报的胡键、谢苗枫等记者在会后对我进行了专访，我们畅谈了“神舟五号”背后鲜为人知的故事，隔天报道就见报了。

自己对航天知识的兴趣，就是从1957年苏联发射第一颗人造卫星开始的。幸运的是，参加工作之初，我被分配到第七机械工业部（现在是航天科技集团公司）下的所属研究院，从事卫星研究工作，从此我用毕生的时间投入这份我热爱的事业里。

我见证了中国航天事业攀登世界载人航天技术的新高峰的历史。这一步是极其艰难的。正如南方日报记者报道中所写的：“从无飞船到有飞船，从‘神舟一号’到‘五号’，从无人飞船到载人航天实现过程中所经历的困难、考验，科研人员一直坚持不屈不挠的专业精神。”

南方日报记者问过我：“载人航天成功后，国人都希望中国能早日实现登月梦想，目前有没有登月计划?”我当时回复：“有信心，总有那么一天，五星红旗会在月球上飘扬!”值得庆贺的是，如今这些展望都已经成为现实!

这里再说一件趣事。当年我被邀请在“挑战杯”记者证上签名作为留念。我认为那是一张特别的记者证，那天恰逢“神舟一号”成功发射的4周年纪念日，是一个大日子。南方日报的记者特别可爱!

第二天，我应邀参观了南方日报报业集团。至今我仍难以忘记当时的情形——我与南方日报社的领导和记者座谈，与南方日报社的领导一起看《南方日报》报道“神舟五号”发射成功的《号外》。南方日报还赠送给我报社珍贵的报纸微缩照片和其他小礼物。

南方日报和航空航天的“情缘”一直在延续。“神舟五号”发射成功后，中国的航天事业发展受到世界更密切的关注，甚至有了特为中国太空人新增的英语单词“taikonaut”，如此种种都在向世界证明中国在航天领域的强大。这么多年来，南方日报记者不畏路途遥远，每年都会走访酒泉、西昌等卫星发射中心，及时而生动地报道了许多精彩的航天航空新闻故事，向更多热爱航空航天事业的读者展示我国航天事业的辉煌。

这么多年来，我不禁为南方日报记者敬业而扎实的采写功底点赞。钱学森创建并担任中国空间技术研究院第一任院长时，我是一名年轻的航天科技工作者。南方日报记者王小飞还采访过我，让我回忆与钱学森近距离接触的点点滴滴，给我一个向中国的航天伟人致敬和追思的机会。

从2003年开始，每天我都能收到一份当天的《南方日报》。整整16年了，在这场风雨无阻的报纸派送里，传递出了南方日报对远离家乡的游子的一份沉甸甸的关心，我的心里觉得暖暖的。如今，我又试着用“南方+”客户端来看家乡的新闻。我每天都如饥似渴地从《南方日报》的报道中获取家乡的信息。

除了航空航天新闻，我最关心的是与广东有关的、与粤港澳大湾区有关的报道。每一篇我都仔细研读，每一个文字都能让我感受到振奋。把握重大发展机遇，广东将迎来新一轮的腾飞。也希望我的家乡汕头，能够融入粤港澳大湾区的发展浪潮中。

我和我的夫人都毕业于汕头市澄海中学。当澄中迎来 90 华诞庆典之际，我回到母校参加活动。南方日报记者陈枫报道了此事，报道中传达了我对师弟师妹的殷殷寄望。

今天，借着《南方日报》创刊 70 周年之际，我衷心希望南方日报继续做大做强，祝福《南方日报》越办越好！同时，我也将当年给师弟师妹的寄望，送给各位《南方日报》的读者——希望你们都能志存高远，报效祖国，报效家乡！

（作者系中国空间技术研究院研究员、神舟飞船系统原副总设计师。本文由南方日报记者沈丛升整理）

我与《南方日报》的“桥缘”

□余 烈

我与《南方日报》结缘，主要还是在港珠澳大桥筹备与建设的过程中。2004 年 4 月，我从广东省交通厅抽调到刚成立的港珠澳大桥前期工作协调小组办公室，随后便开启了 15 年的“大桥工作模式”。由于港珠澳大桥是在“一国两制”框架下，粤港澳三地首次合作建设的超大型跨海工程，涉及不同法律、技术标准、社会管理制度等，工作中遇到的困难与问题是可想而知的。经历六年论证筹备、八年艰苦建设，走过风风雨雨，在各方努力拼搏下，2018 年 10 月 23 日上午，我们终于迎来了大桥建成通车的“高光”时刻。习近平总书记亲临珠海宣布大桥正式通车，并乘车巡览了大桥。一座连接粤港澳三地的“世纪工程”终于由理想变为了现实，矫如游龙的跨海大桥巍然屹立于伶仃洋之上。她的建成凝聚了无数建设者的智慧与汗水，而其中，以《南方日报》为代表的媒体，通过长期跟踪报道，记录下大桥建设过程和一系列重要时刻，每当捧读载有大桥消息的报纸，带给我们建设者的总是极大的兴奋与鼓舞！

刚过去的 8 月 23 日，正是超强台风“天鸽”肆虐珠江口两周年的日子。那时的港珠澳大桥还未完工，是否能经受住超强台风的考验，大家都很担心。我记得从 2017 年 8 月 22 日下午 4 时起，我们即迅速组织各参建单位防台风，晚8时前统一将施工人员1347人撤离现场，28艘施工船只陆续进入安全水域避风，桥上设备、工器具和营地房屋等也已紧急加固，随后将大桥入口封闭。考虑到东、西人工岛主体建筑已经封顶，遂将2036名施工人员全部安排到主体建筑内避风。23日中午12时50分前后，“天鸽”在珠海金湾区登陆，登陆时中心附近最大风力有14级，风速45米/秒，气压950百帕。这次阵风级别是1962年以来最大的，风速是1993年以来最强的。2009年大桥开工以来，虽经历防台应急33次，但对我和所有建设者来说“天鸽”期间是最紧张难熬、惊心动魄的日子。幸而工程基本完工，具备了较强的抗风能力，一切安好。就在我紧张忙碌的时候，南方日报记者梁涵几次电话询问大桥防台风情况，我见她很急切，就断断续续编写短信发给她，没想到她很快就发出了《“超级工程”来信：一切平安，谢谢牵挂!》，一下就解除了社会对大桥是否能经受住超强台风“天鸽”考验的担忧。几天后，接踵而至的“帕卡”，还有2018年9月的强台风“山竹”登陆广东，大桥都平安无事。监控数据显示，在台风“山竹”过境期间，大桥现场检测到的瞬时最大风速为55米/秒，但索力、位移、振动皆在设计允许范围内，处于中心风圈范围内的大桥情况正常，再次经受住了检验。正是看到《南方日报》发的报道，一位朋友对我说，自开工建设以来，建设者们攻坚克难，如履薄冰，追求极致地完成，永不言弃地坚守，充分体现了一个大国建设者的工匠精神，尤其展现了面对自然灾害时的从容与担当。同时，也展现出了桥梁人亘古不变的责任感和使命感。

多年来，南方日报的许多记者与我们大桥建设者“混”得很熟，项目一有什么进展，重要节点要搞什么活动，他们比我们的很多同事还要清楚，这时，报社就会及时针对大桥的重要节点进行策划、报道，每次都起到了很好的效果。记得2018年年中，袁佩如和三名记者来到大桥，提出要“深调研”。港珠澳大桥即将通车，这座在一个时空中跨越“一国两制三地”的超级工程，将打开粤港澳大湾区无限的发展空间。

从港珠澳大桥到粤港澳大湾区，实际上就是从超级工程到世界级湾区的飞跃，港珠澳大桥作为粤港澳大湾区的“试验田”，为粤港澳大湾区的建设提供了借鉴。南方日报积极落实省委、省政府“大学习、深调研、真落实”要求，要深入调研港珠澳大桥建设历程，推出“港珠澳大桥深调研”系列报道。那段时间，袁佩如和李凤祥、陈晓、唐柳雯、聂远格、郭静怡多次联系采访大桥管理局数位领导和员工，收集大量资料，梳理出大桥在沟通协调、环保管理和投融资机制等方面的探索和经验，随后推出《跨越“一国两制三地”，如何在“一国两制三地”中顺利通关?》《“大桥通车白海豚不搬家”如何由承诺变现实?》《中国工程史上投资金额最多的港珠澳大桥，钱从哪里来?》系列报道。一经见报，好评如潮，文章不仅深度总结港珠澳大桥建设三地合作模式、协调决策流程、海洋环境和白海豚保护措施、投融资机制，也积极探讨了大桥建设经验对粤港澳大湾区发展的借鉴作用与意义。目前，这些报道均已收录在南方日报出版社编辑出版的《开放崛起——世界级湾区深调研》一书中。

从飞机上俯瞰，蔚蓝色的伶仃洋上，蜿蜒的港珠澳大桥像一串珍珠项链，两座人工岛宛如一对璧玉，诠释着这座桥的建造理念——“珠联璧合”，连接起珠江口的粤港澳三地。大桥已经通车，随着粤港澳大湾区的加快发展，港珠澳大桥所起到的作用会不断彰显，未来是让人期盼的，正如南方日报记者总爱说“桥见未来”。

（作者系港珠澳大桥管理局副局长）

园　丁

□祁　海

一株幼苗长成枝繁叶茂的大树，离不开园丁的辛勤培育。

我是珠江电影制片有限公司剧本编辑，几十年来辅导许多新人写出被采用的好剧本，其中一位“南漂”广州的作者，后来成为《战狼2》的编剧……

当这些年轻人说“感谢祁老师”时，我心里在感谢我遇到的一位好老师，他也是一名编辑。

年历飞快地翻回到1979年……

当时，十年内乱结束不久。二十多岁的我，刚进珠影当见习编辑，在业余时间写一些影评文章投稿。

那年8月，我到外省出差，我妈来信说：“南方日报有一位姓童的老编辑到我们家找你，白跑了一趟，他说还会再找你。”

他是为我不久前投给《南方日报》的一篇影评文章而来。当时报纸杂志很少，采用一篇稿子可不容易。我乃无名小辈，竟劳老编辑大驾，有点受宠若惊。

过了近一个月我才回到广州，童编辑真的耐心等我，再次登门来访。

衣着朴素的童编辑，年近半百，背已微弯，说话略带东南亚归侨口音，温文可亲。

童编辑名叫童施意，是南方日报文艺部编辑，我的影评稿由他审阅。

童编辑说：“这些年电影评论受‘左’风影响，多是谈政治不谈艺术。国家刚实行对外开放，不久前广州举办墨西哥电影周公映的《叶塞尼亚》《冷酷的心》《玛丽娅》，歌颂真善美，艺术水平很高，很值得国产电影借鉴。但我们收到的影评稿，只有你这一篇认真分析这三部外国电影的艺术成就，很难得！所以我向文艺部领导力荐你的文章，部领导认为可发表。”

我很激动！因为各报刊多年不见评论外国电影的文章，《南方日报》是省委机关报，思想如此解放，有眼光有魄力！这才是难得！

童编辑找我，是让我把这篇 3000 多字的影评压缩一半，只留 1500 字。

童编辑看出我心疼兼为难，他耐心解释：“报纸的文章不能过长，不光是为了版面安排，读报比看杂志更容易疲劳，报纸文章稍长一些，读者的视网膜就难受。要吸引接受对象，还必须重视生理科学。”

言之有理！童编辑还给我介绍了既能压缩篇幅又能保留精华的写作诀窍，果然是文坛老将，我服了！

我很快就将文章改好寄给童编辑，但过了没几天，童编辑在一天晚上又来我家找我。外面正在下雨，他没带雨伞，头发和后背都淋湿了。

童编辑说，有人认为我的文章过于尖锐。童编辑已想出修改思路，建议此稿的表达策略作一些变通处理，但不会背离文章的主旨。白天他打电话到珠影找我没找到，所以再次来我家和我商议，我认为童编辑确实考虑周全。

在那个年代，我没有住宅电话和手机，童编辑无法及时和我通话联系。为一篇不到 2000 字的稿子，他跑了三趟，他家离我家可不近，要挤公交车赶远路。

我很过意不去，说："童老师，编辑有权改稿，其实你在我的稿子上直接改就行了，不用跑三趟。"

童编辑说："还是要尊重作者，作者更知道该如何保留文章的精华，有利于保证文章的质量，作者在改稿过程中也可以得到锻炼提高。"

我感动得不知说什么好。

这篇文章终于见报了！我和朋友聊天时说起童编辑如何"三顾茅庐"扶持我。朋友满腹狐疑："如今还有这样的好人？他是不是发现了你岳父的身份？"

我的岳父时任南方日报社副社长，但我从来没有告诉该报社任何人，我每次给该报投稿都是以普通作者身份，不走后门。

朋友说："我估计童编辑是假装不知道你是他上司的女婿，骗取你的好感，让你在岳父面前赞扬他，对他升职分房子有好处。"

我觉得童编辑挺老实，不像是这种人。不过，为一名小作者的一篇短稿跑三趟远路的报刊编辑，当下实在太罕见。他要么是颇有心计，要么真的是大公无私。

童编辑一直没有找我办过任何事。

六年过后，我岳父离休退位了，我和太太搬到他的报社宿舍居住，巧了，我和童编辑成了一个大院的邻居。我登门拜访他，他对我搬来大感诧异。

我说明了我岳父的身份。这位老书生瞪大了眼睛，他对此确实一无所知。

我紧紧握住老师的手……

（作者系珠江电影制片有限公司一级编辑、第七届广东省电影家协会副主席、第十一届广东省人大常委会委员）

我是南方的一缕海风

□ 丘树宏

这是2019年1月19日早晨，我静静地坐在书房里。书桌上打开着一份当天的《南方日报》，仿如一缕轻轻的海风徐徐吹来。该报第八版刊发了一篇文艺评论《优秀传统文化“守正创新”的成功探索——评大型交响清唱剧〈咸水歌〉》，而于2018年12月16日公演的《咸水歌》，正是本人的作品。原来，海风是从这里吹来的。

在我心中，《南方日报》正如她的文艺副刊的名字一样，是一股温润的“海风”，她以自己的姿态装点着岭南美丽的天空，滋养着广东这块人文热土。

幸运的是，我居然也深深融入了这一股海风之中，或者说，我自己也演化成了其中一缕微微的海风。

追溯起来，我与《南方日报》的情缘已经30多年了。20世纪80年代初，我在九连山下的连平县委办公室供职，业务上开始与《南方日报》有了许多的关联，采访、报道、做专版，我自己也不时发表一些“豆腐块”。

20世纪80年代末，我调到珠海市委办公室工作，与《南方日报》的联系就更频繁了。火红火热的改革开放事业，激发了我热烈的诗情，很快，《南方日报·南海潮》副刊就发表了我的诗作——《崛起》，并陆续刊发了不少新作。20 世纪 90 年代初期开始，我逐步走上地方领导岗位，在副刊发表文学作品的同时，更多的是借媒体配合经济社会发展和城市建设工作，尤其是 20 世纪 90 年代中期到 21 世纪初期，我负责珠海市的经济体制改革和城区建设发展工作，各种媒体，包括《南方日报》都为我们创造了良好的舆论条件，提供了重要的舆论保障。2000 年前后几年，我担任珠海市香洲区委书记，香洲区作为全省的干部体制改革试点，《南方日报》作了系列报道，改革获得圆满成功。之后，我们按照市里的安排，开展了全国规模最大的城中村改造工程，《南方日报》作为我们重点依靠的主流媒体，帮助我们渡过了许多的难关，化解了许多的危机，使得城中村改造不仅大获成功，而且成为全省、全国的典范。澳门回归、街道管理体制改革、全国社区建设示范点建设等等，我们那几年真的是大事、喜事一摞摞，所有这些，都留下了《南方日报》的影子。《南方日报》那温热的海风，渗透到了我工作的每一个角落，浸润到了我的每一寸身心。

进入 21 世纪初，我迁居中山市工作和生活，与《南方日报》进入了一种更为密切的关系。尤其是在我担任市委宣传部长和市政协主席的日子里，《南方日报》这股宝贵的海风，更为我的工作、生活提供了源源不断的动力。

最早是中山创建国家历史文化名城，建设以孙中山文化为首的八大文化工程，《南方日报》给予了全方位的支持和帮助，那时候《南方日报》每年的珠三角竞争力评选，中山的文化竞争力都在前三名，这大大提高了中山的知名度和美誉度。2011 年是辛亥百年，我牵头负责中山市整个活动的策划和组织，《南方日报》则成为媒体方阵中最重要的主力军。抗战胜利 70 周年，我与南方日报中山记者站策划了斯诺后代与《西行漫记》封面照片吹冲锋号那个小战士谢立全的后代在北京见面的活动，反响颇大，成为当年《南方日报》的大事件之一。2016 年是孙中山先生诞辰 150 周年，我们策划组织了“六 + 十 + 六 + 十”150 多项活动，《南方日报》又一次充当了主力军的角色，发挥了重要作用。在“孙中山文化高铁行”项目中，南方日报派出得力记者，随同我们从中山出发，走进广州、长沙、武汉、南京、北京等地，他们采用各种手段，尤其是利用“南方+”网络直播的手段进行周密报道，影响空前，有力地助推了孙中山文化上升为国家命题。

在中山的这几年，《南方日报》对我个人的文学创作也给予了很大的关注，让我的文学影响力达到了一个新高峰。2011年，我创作了大型组歌《孙中山》，《南方日报》用一个整版予以刊发。省委宣传部看到后，决定将此列入辛亥百年的重点项目予以运作，并由我牵头主创了大型交响组歌《孙中山》，公演取得圆满成功，并获得了广东省鲁迅文艺奖。

近年来，我重点转入大型题材、大型台本的创作，《南方日报·海风》副刊也不吝版面，接连整版发表了我的大型史诗《海上丝路》《珠江》等，坚定了我坚持大型创作的信心。至今，我已经创作此类大型作品近20部，引起了业界和社会的广泛关注，形成了良好的社会影响。

我感恩我们这个国家和民族，感恩这个伟大时代，同时，也感恩《南方日报》这股温润的海风。我想，能与《南方日报》结下这种深厚情缘，我何尝不也是其中的一缕海风呢？是的，我就是南方的一缕海风，我愿意永恒地汇入《南方日报》这股强大的海风中，在南方这块热土，在南方这方蓝天吹拂、氤氲，生生不息……

（作者系广东省人民政府文史研究馆馆员、广东省作家协会副主席、中山市政协主席）

南方潮起时

□ 洪三泰

一直以来我对南方的海潮、南方的海风以及《南方日报》，总有一种难以割舍的爱恋情怀。

其原因：一是我家在南方，村子离南海和北部湾不远。浩荡的海风和澎湃的海潮，常常展现在我的记忆和梦里，让我魂牵梦绕。我的文学与南海有缘。二是她的“南方”二字，和她的副刊《海风》，是我所热爱的。多年来，我把新闻稿、诗和散文常常投给《南方日报》。三是该报总是率先站在改革开放的潮头，迎风搏浪。“南方”就成了我诗歌和散文创作中的总体意象。实际上，《南方日报》一直是改革开放大潮中挺立潮头的先锋信号船。

“敢立潮头唱大风”，这是《南方日报》给我的独特印象。

1979 年 6 月，我从湛江调到中国作家协会广东分会当专业作家。风正一帆悬，我见证了《南方日报》在改革浪潮中那勃发的英姿和呐喊的旋律。这些感觉很逼真，也很强烈。1986 年 2 月 8 日（除夕），我回到遂溪县老家。我的儿女还小，他们用录音机播放着迪斯科舞曲在跳舞，我和妈妈则在一旁忙着舂碓、筛粉做年糕。那疾风暴雨般的迪斯科舞曲和“一迸一迸”的碓声，形成了强烈挺进的时代步履声。真是春雷滚滚，风起南方。2 月 9 日年初一之夜，我写了一篇题为《悠扬乐曲里的碓声》的散文，年初二即由乡村邮寄给《南方日报》。只相隔了 9 天，文章就见报了。可见报社的编辑们春节还在忙于办报。他们在改革的风起潮涌时，马不停蹄。编辑们那政治敏感性和敬业精神，令我难忘。

在那些如火如荼的日子里，我奔波于广州和深圳之间，改革的前沿阵地，城市建设，风烟弥天。我写出长诗《蹦出贝壳的珍珠》后，又采访广州古老的商业街高第街上 600 个个体档口，写出长篇报告文学《中国高第街》（后改编为电影《女人街》）。在这种热火朝天的改革氛围中，1986 年 4 月我先后写了歌颂改革开放迅猛发展的长诗《南风》和《南方》，两首诗都是 100 多行，但《南方日报》很快都先后刊用了。难能可贵的是，《南方日报》副刊《海风》版，一直都是培养本地作家的良好阵地，所有编辑都一丝不苟地热情地为众多文学爱好者创造发稿条件。《南方日报》对我国改革开放的宣传，一直保持着先锋常态，不放过每一次机会。我在花城出版社出版了反映改革开放的长篇小说《风流时代三部曲》，研讨会期间，南方日报文艺部还请名家为我的小说写评论并予以发表。

记得 2000 年，广东省政府参事室、文史研究馆和广东珠江文化研究会组团三下徐闻考察中国最早的海上丝绸之路，并组织全国 100 多名专家召开研讨会。南方日报闻讯，即派记者追踪报道，影响深远！之后，《南方日报》还针对北部湾、岭南古道、珠江文化、南江文化、珠玑巷、珠三角、港澳文化等历史文化进行专题报道，亮出广东文化的雄厚根底和实力。举世瞩目的阳江海域沉船“南海 I 号”打捞成功，我创作了报告文学《醒来的海魂》，详细介绍丝绸之路考古的壮举。《南方日报》刊登了我的报告文学。这些年我的诗歌、散文和报告文学，不断在《南方日报》刊登，并多次得到奖励，这是我的荣幸！我衷心感激《南方日报》。

在《南方日报》创刊 70 周年纪念日即将到来时，我脑海里不断涌现我国改革开放大潮在南方掀起的壮丽图景和《南方日报》擂鼓助威的磅礴气势。《南方日报》那句"高度决定影响力"，更是给我以巨大的鞭策和激励。作为一位作家，思想、精神、境界，如何抵达一个新的高度？如何在更迅猛的改革开放大潮中创作更多有影响力的作品？我顿觉任重而道远！

（作者系广东省人民政府文史研究馆馆员、国家一级作家）

南方日报关注并推动足球改革

□ 刘孝五

我是从事足球行业的，从 1993 年 1 月 8 日中国第一个职业足球俱乐部广州太阳神足球俱乐部成立之日起，我就和足球结缘，一心一意扎根足球，就和南方日报体育部（2002 年体育部和文艺部整合为文体新闻中心）结下不解之缘。

广州太阳神足球俱乐部是中国首个职业足球俱乐部，从诞生那一天，南方日报体育部几乎所有记者和编辑就成了俱乐部的铁杆“粉丝”。南方日报对中国的体育改革，特别是对足球改革极为关注。

1994 年广州太阳神队获得首届甲 A 联赛亚军，在中国足球职业化刚开始辉煌的那几年，南方日报体育部和全广东的体育媒体一样，为中国足球职业化和广州足球超前发展“摇旗呐喊”。从 1997 年开始广州足球迅速下滑，1998 年跌入甲 B，2000 年差点降为乙级的关键时刻，难得的是南方日报始终鼓励广州足球坚持职业化，不断报道我们俱乐部的动态，这也让赞助商感觉到职业足球的魅力所在，让广州足球始终得到企业的眷顾。

我记得 2002 年 1 月 8 日，在吉利退出广州足球，俱乐部数月没有工资发的关键时刻，香雪制药提出以 800 万元冠名广州足球队。这一天我们召开了新闻发布会，当天下午南方日报记者就进行了采访。此后，

《南方日报》多次对我进行专访报道。

从1999年到2007年，广州足球队在中国职业联赛中连续九年处于二级联赛——甲B和中甲水平，特别是在2002年到2005年的四年间，广州足球俱乐部异常艰难。俱乐部主要通过企业赞助养活球队，如果没有像《南方日报》这样的主流媒体主动宣传广州足球，结果是很难想象的，可能也就没有了今天的恒大和富力足球俱乐部。

这段时间我一直在广州足球俱乐部（“香雪时代”和“日之泉时代”）任俱乐部董事兼副总经理，我的体会之深可以用“切肤之感”来形容。当年南方日报每周会派出记者到俱乐部采访和报道，俱乐部每个客场比赛都会有《南方日报》等媒体记者跟队。对职业联赛中的广州足球队每轮赛事，不管是主场还是客场，媒体报道都保持一贯的均衡和深入。可以说，《南方日报》这样覆盖全省党政干部的主流传媒，一直报道本地足球和鼓励广东足球改革，为广东足球的发展营造了良好的氛围和发展环境。多年后，广州足球俱乐部的工作人员在内部聚会中，说起《南方日报》当年的报道，无不感激之至。

从2002年到2005年的四年间，南方日报的记者不断到客场报道广州足球的参赛消息。当年有的报纸记者要求俱乐部让冠名商也赞助一下报纸，不然就拒绝报道广州队的比赛，但是南方日报的记者说，赞助商能够赞助足球俱乐部已经很不容易了，不应该这样要求人家！

2009年我开始探索社会办赛，用公司化形式组织区域联赛，发起了广东省五人足球联赛。这是一次有重要意义的体育改革，但当时民间办赛其实是动了一些单位和部门的奶酪。双方发生了激烈的争执，甚至将官司打到了法院。

法院当时认为我违犯了有关法规，不经足协批准擅自举办足球赛事等于不正当竞争，要判我要赔偿未经足协批准而进行比赛的损失和停止举办粤超赛事。此时，《南方日报》体育版刊发深度报道与分析文章，认为这一事件对于加速广东职业足球体制的改革，将起到推动作用。

记得那天是2012年6月22日，拿到上诉中院的受理书，看到当天《南方日报》的文章后，我在法院门口整整哭了15分钟。我们社会办赛终于有了“回旋余地”。2014年10月，国务院发布《关于加快发展体育产业促进体育消费的若干意见》，明确提出取消商业性和群众性体育赛事活动审批。这再次说明，广东和《南方日报》有着超乎寻常的改革意识。

（作者系广东省五人足球协会会长）

在尚读笔耕中升华人生境界

□ 谢显扬

把读报作为升华情怀操守的追求，以尚读立身，以学用增智，以修为厚德，把笔耕视作传承人类文明、交流人文风情、激燃哲理火花的生活方式，在笔耕中思索、在书写中长才、在交流中活用，在尚读笔耕中升华“为天地立心、为生民立命、为往圣继绝学、为万世开太平”的守正创新境界。

——这是我 20 多年来钟情阅读《南方日报》、倾情笔耕为《南方日报》撰稿的心路历程和成长写照。

执着追求爱好就能锤炼人生真本领。我对文字有种近乎发烧般的痴爱，青春期在粤北首次接触老爸订阅的《南方农村报》，便爱不释手，用心感悟新闻报道的谋篇布局，发掘文本诠释的主题内涵，熟读精思，虚心涵泳，切己体察，将身边事砌成“豆腐块”投给《南方农村报》，时有消息见报。有一回，突发奇想，撰写南雄种植美国烟种的《美国种变中国货》通讯报道，投给《南方农村报》，发稿后深受鼓舞，开始向通讯进军，又撰写了一篇抗洪救灾题材的特写，鼓足勇气投给《南方日报》，荣登旗舰主报。从此，我与《南方日报》结下不解之缘。

机遇往往偏爱勤奋拼搏、有备而来的人。20 世纪 90 年代中期，我开启了长达 20 多年的南方日报通讯员生涯。起先以多款笔名在共青团系统采写众多通稿，不时在《南方日报》多个版面发消息稿。渐渐地，不再满足于发“豆腐块”，像辛勤的蜜蜂般聚焦《南方日报》发表的通讯、特写、纪实乃至报告文学。当广东药学院大学生志愿者服务社区的动人故事进入我的视野后，我便主动约跑线记者一道，以《珠江岸畔绽开文明花》为题，撰写了颂扬大学生志愿者服务社区群众，奉献仁心仁术彰显真善美大爱的通讯。时任南方日报政文部主任许金丹大力推荐，此文荣登《南方日报》头版头条，实现了我笔耕生涯的历史性跨越，极大地激荡起我的兴奋感与超越感，立马再接再厉，深入高校，和团委合写了大学生志愿活动的系列通讯，先后在《南方日报》《中国青年报》《光明日报》《人民日报》发表，多维度多视域展现大学生志愿者群体的鲜活形象。

20世纪末，亚洲金融风暴给农垦经济造成重创，拥有10万职工、近50个农场的广东农垦系统亏损3.93亿元。然而，2000年起步，至2002年底，广东农垦扭亏为盈，负债率大幅下降。一个以南亚热带作物为主攻方向的现代化企业集团凤凰涅槃重新崛起，引起时任南方日报经济部主任谭立谋的关注，约我解剖农垦依托组织化、规模化、产业化、特色化优化资源配置破解金融风暴难题的奥秘，合写了《广东农垦大步迈向产业化》通讯报道，再次荣登《南方日报》头版头条。2004年3月下旬，广东农垦被中宣部列为全国“改革创新、服务三农”的10个典型之一。我与省委宣传部的同志带着南方日报在内的媒体记者团深入农垦采访，集中刊播了系列报道。接着，连续多年在《南方日报》上组织开展了10多个广东农垦品牌系列报告文学形象展示。

2006年至今，南方日报文体新闻中心精心打造《世纪广东学人》系列人文专版，在涵养读者严谨治学风度、坚定信仰信念信心、形塑荡气回肠家国情怀上，为文化强省建设增光添彩。我深情仰望深受启发，也尝试创新自己书写叙事的文本风格，努力从人类文明、人文哲理、人生感悟上叩开读者心灵之门，熏陶真善美的人格，创作了120多篇充满人文温度、浸润家国情怀的系列散文，有的在《南方日报》发表后，被文摘期刊转载甚至摘登为卷首语。南方日报出版社出版了我的系列散文集。南方日报给予我很多荣誉，连续20多年推选我为优秀通讯员，多次颁发“十佳通讯员”奖。

读报思索、淬炼思想，调研笔耕、知行合一。我从读《南方日报》中感悟认知，以认知激活书写思维，把先哲智慧活化为破解难题的本能，在尚读笔耕中升华人生事业境界，赤诚讴歌执着奉献的行动者、奋斗者、实干者的梦想情怀。

（作者系广东省直机关工委副巡视员）

“南方”的魅力与温馨

□ 汤世杰

世事多无可预料，转瞬白云苍狗，倏尔云游南北。比如日前，一寻常夜晚，竟欣然有梦，且梦回当年。想想，还真如老杜《梦李白二首》所谓：“故人入我梦，明我长相忆。”前不久刚刚梦到过北方，忆起了诗人骆一禾，这回梦中所见，却是南方。

——有时我想，上苍必是个极富戏剧感的智者，要不，人间哪来那么多的相遇与相知、离别与重逢？

说起来，自打走上为文这条路，许多素不相识的人，早先都只是我的编辑，编辑索稿，作者奉文，来信即谈文，无事不打扰，天经地义，亦自有一份互信互补的默契，那已足够美好。就中，却有些编者与作者，虽相隔万里，编着编着，写着写着，就成了朋友，就有了一份情谊，一份牵挂；久而久之，更有了一份洞察世事人生的共同视角与兴奋点，庶几难得。

其实，作者与一家报刊的交往，终归还是与人的交往。现代意义上的写作者与报刊编辑，从来都相辅相成，互为表里，传为佳话者俯拾皆是。如此，一位好编辑碰到一个好作者，一个好作者碰到一家好报刊一个好编辑，看似偶然，说到底都是一生的幸运与缘分。

其实那并非易事，常常是可遇而不可求——细想无他，如俗话所说，你只须好好做人，一切自有上帝安排。我与南方报系，与南方日报的几位编辑朋友，就是这样相识相知的。

20 世纪 90 年代初，一个偶然的机会，去北京参加一次评奖。众多评委里，有几位我早先相识的友人，也有初识的陈志红——那时，她还在广东省文联做事。北京事毕不久她就来信，说她已到南方周末了，邀我给她写点短文。其时我正埋头写长篇小说，无暇他顾；但朋友的热心邀约不好怠慢，勉力弄了两篇，不久刊出，样报寄来，并嘱我有空再写。如此，我便成了《南方周末·芳草地》的一个普通作者。

其时，《南方周末》风头正劲，兼具正义、锋锐与高品位。在我看来，好的报刊，好的编辑，皆自有一种宏阔高远的职业志向，一种高尚的职业操守，一种敏锐的职业目光，那目光既有穿透力，也温煦可亲。他们既能洞察秋毫地披沙沥金，又有一份对作者与文字的理解与尊重。编与写，只是站位不同，并无高低之分。一个好的编辑，自有一份学养，对写作者和他的文字，总有一种移身作者立足处的体察，也就有了一份发自内心的深读与理解，不会凭空地挑剔指责，动不动就“砍砍杀杀”。于写作者本身，某些发自内心的隐秘冲动，有意无意间流转在字里行间的思绪，有时是连自己也未必能清醒明白和盘道出的。好的编辑却有一种能力，一双慧眼，能透过文字纷纭的迷雾，看到作者心里藏着的那些哀梨并剪。

后来，陈志红说她又转到南方日报做事了，照样嘱我给该报副刊写稿。记得，我头一次将《香格里拉的卓玛》一文寄出不久，却意外惊喜地收到了该报副刊编辑陈美华的信，说：“真高兴，想不到收到了您的文章，真是巧缘。”放下信，我才想起了当年在昆明，与那个还在大学念书的小姑娘陈美华的相识。

在 20 世纪诗意盎然的 80 年代，我曾结识了一大拨年轻诗人，其中就包括陈美华。那时的她还在中山大学读书，娇小美丽，青春得让我妒忌。谁会料到多年后我的那篇短文，竟会辗转落到她手里？就此断线重续。

《南方日报》所在的南方，有我众多年轻时的同学与朋友。从那以后，与南方周末、南方日报的往来，便又多了许多朋友。都说书生人情薄如纸，但书生之间的情谊，有时也是可撼天动地的。多年来，我已记不清，到底在他们那里发过多少短文，只记得，但凡去广州，自然会与他们相约一聚，即便有时只是路过。这样的编者与写作者之间，自然有了一种无须言明的超越，成了人生路上的相扶相帮。大家共同要做的，无非尽力让他们的读物，能给读者提供一份有营养的精神食粮。而身为一个写作者，面对这样的编辑朋友，亦断不敢草率敷衍。尽管开风气之先的“南方”既宏阔大度，又极具包容性，但每要送出文稿，我总看了又看，想了又想：文字是否妥帖？立意是否会让编辑作难？此番奉出，是否对得住朋友的一番苦心？直到自觉万无一失，方才放心。

时下正是三月。三月莺飞。三月草长。即便如今，随着岁月的变迁，“南方”似已再没熟人，但无论地理的，还是精神的“南方”，都还在，以至在这个三月里，想起老朋友“南方”，依然很温暖，很温馨……

（作者系云南省作家协会原副主席）

《南方日报》就像多年的老朋友

□ 张全收

1997 年，我一个河南上蔡人，怀揣着身上不多的零钱，乘着改革开放的东风，只身来到深圳平湖“闯天下”。

广东是改革开放浪潮的最前沿，当时人口密集型的企业工厂聚集，但是用工却呈现季节性强、工资低，订单大批量来的时候经常出现用工荒的情况。

摸清楚珠三角的季节性用工规律后，我开始创办深圳市全顺劳务派遣有限公司（以下简称“全顺”），努力把家乡的年轻人介绍到广东来打工。哪个企业需要用工，我就把人拉到那里去开工。同样是派遣劳工，在全顺就算没有活儿，农民工依然“包吃包住，工资照发”。我还记得，高峰期共有 1.3 万农民在我的企业驻扎。

农民工到我这里来，就是对我的信任，我就要给他们一个保障。在农民工的圈子里流传着一句话——“有困难，找全收”，这让我感到特别欣慰，我也一直对此身体力行。

也是这样，我见证了广东农民工最辉煌的时代，更没有想到媒体还给了我一个“农民工司令”的称号。2007 年 12 月 12 日，《南方日报》刊登《“农民工司令”张全收》一文，一下子写到了我的心坎里去，我也从《南方日报》的读者变成了采访对象。

《南方日报》多年来跟踪报道我们农民工就业的情况，为改善农民工的生存状况作出了很大贡献。通过《南方日报》，我也得到了很多发声的渠道，让社会一起来关注农民工群体。

2008年我作为全国人大代表，受邀参与《南方日报》的直播栏目。作为农民工代表，我了解农民工的心声，于是这么多年来，我也一直为外来务工人员社保异地转移、职业病伤害等权益问题发声。

2008年还发生了金融危机，工人没活干，工厂不断退工，3500多名农民工找不到工作。我拿出900多万元，管吃管住，给工人发底薪，最终和工人们一起挺过了危机。我就是想用行动证明，就算在公司最困难的时候，全顺也不会放弃他们。

《南方日报》的报道一直剖析得很好。农民工被认为是涣散的群体，制造了巨大的生产力，也隐藏着巨大的“不稳定因素”，而全顺则是用一种“温情”把农民工组织起来。员工的事情我都放在心上，每件事都亲力亲为，他们都有我的电话，有时候半夜三更打电话给我，我也会帮他们解决困难。

当然“农民工司令”不好当，这些年我也累啊。

以前南方日报的记者来找我的时候，看着我每天早上都要拿着话筒给工人打气，说我这把唱豫剧的嗓子都喊哑了。

全顺的模式就是帮助企业实现劳动力的调配，本质是“劳务租赁”，但是“全顺模式”也是别人难以复制的。

这个模式需要依托“诚信”来支撑：我要对员工有诚信，而员工对我也要有诚信。全顺在运作的时候，需要向企业收取一定的管理费，如果遇到短期合作乃至临时合作的用人单位要压低价格，我们就接受不了。

《南方日报》曾在报道里对“我是不是一个好人”作出探讨，但是这个模式关键还是要依托劳务派遣市场的规范，如果这个市场规范了，也是对农民工好。

这些年，一波又一波的南方日报记者来采访过，让我一提起《南方日报》，就如同提起自己多年的老朋友一样亲切。我认为《南方日报》是全国的媒体里最了解我的，没有“之一”，所以也会有事没事和南方日报的记者朋友聊聊。这一段特别的南方情缘陪伴我多年。

随着广东实现转型升级，现在部分劳动密集型产业往内地转移，农民工务工早就发生了新的变化——过去农民工都是到沿海去务工，现在回到了内地，甚至是在家门口工作。全顺如果再继续走老路也行，但是就没有以前好走了。顺应时代需求，我们在做人力资源的同时，也在谋求向第三产业转型。

但是任凭时代如何变迁，在今后的工作中，我也要继续为农民工就业服务，甚至帮助更多的农民工脱贫致富，帮助他们建设更加美好的家园。

这么多年来采访我的媒体很多，在这里我就想说心里话：我特别珍惜与南方日报的这份沉甸甸的情谊，相信这份情会随着时光的沉淀，愈发珍贵。

（作者系全国人大代表、全国外出务工先进个人、全国劳动模范、“农民工司令”。本文由南方日报记者沈丛升整理）

来时少年昂　归去鬓染霜

□ 张慧鹏

七十分之十九——19 年，对于《南方日报》70 年的历史并不长；19 年，对于一个人的职业履历不太短。19 年，是我为《南方日报》当通讯员的激情岁月，也是《南方日报》从领跑全国机关报到融媒体的华丽转身。如果“彼此见证成长”这个说法不会被误读为敬意不够，那么我想，如序章般的过往，因彼此见证而美丽。

在我的书柜中珍藏着一张 2001 年 1 月 16 日出版的《南方日报》。这一天的头版头条刊登了题为《一切为了人民满意》的长篇通讯，大气的通栏标题下面署着：“本报记者　曾庆春　本报通讯员　张慧鹏”。相信每一位通讯员在自己的名字出现在这里的时候，都会激动难忘，我也不例外。除此之外，我还读懂了一篇报道鼓舞士气的力量。几天之后，广东高院举办春节老干部茶话会，一位老法官激动地握着时任院长吕伯涛同志的手感慨：“我们好久没有见到《南方日报》这样宣传咱们法院了，老同志们都深受鼓舞！”那些年，法院系统因个别人违法违纪，造成不良社会影响，法院的同志们都觉得抬不起头，而这篇报道的刊发极大地鼓舞了全省法院的士气。习近平总书记指出，宣传思想工作要自觉承担起举旗帜、聚民心、育新人、兴文化、展形象的使命任务。在树立人民法官“公正司法、司法为民”的形象中，《南方日报》教会了我如何生动地实践。

一般来说，报纸的加印是指某一天报纸加印份数。2003 年 3 月 1 日星期六的《南方日报》，比平时周六的报纸多了整整四个版。而这一切，只是因为广东高院审结的一个案子——“广国投”破产案。2 月 28 日中午 11：45，广东高院宣布，经过四年的审理，“广国投”依法终结破产程序！保留清算组完成追收破产财产、追加分配等善后事宜！《南方日报》这种在新闻面前大手笔投入的“气度”，着实让我钦佩不已。当天的报纸总共拿出了六个半版面，全维度梳理了“广国投”破产案审理四年以来，中央决策的背景，广东的大胆实践，案件审理全过程，参与审判的法官的讲述，案子成功审结后在国际上的影响。

今年 3 月 22 日，广东高院依法裁定，准许“广国投”案清算组第六次破产财产分配方案，指定清算组负责执行事宜，至此我国首宗非银行金融机构破产案，最终以全部债权足额清偿结案。这则消息一公布，思绪瞬间把我拉回到 16 年前，和当时的跑线记者、部门主任、责任编辑、总编辑讨论，甚至是争论的那些日日夜夜。

用六个半版面报道一个案件，扩版加印，这就是《南方日报》彰显广东司法的国际公信力、弘扬社会主义法治正能量的态度。

通讯员和记者编辑，经常会因为“各事其主”，而针锋相对。回想起 19 年来，经常会因为稿件和记者、编辑们沟通、协调，有时还会争吵。争吵之后，则是自己对新闻价值的重新审视和对舆论监督的正确态度。有些理念和方法，时至今日仍然对我处理危机公关事件有着深刻的影响。因为年轻气盛，当年时常会因为舆论批评报道而和报社的编辑或者跑线记者急眼。现在想想，大家都是为了自己所从事的工作，争得面红耳赤，这是多么淳朴的一种爱岗敬业。和我争吵过的那些记者与编辑，现在和我也成了无话不谈的好朋友。我想只有真正的良师诤友，才会有“容骂”机制。

从给《南方日报》投稿，和南方日报的记者深入采访报道，到现在的与“南方+”、南方网的合作，我和我的团队依然保持着写稿子的习惯，我依旧认为会写新闻稿是通讯员最重要的技能，尽管我们不是新闻专业毕业的，但长期的码字敲键盘，也已经让我们能够较熟悉地掌握新闻传播的基本规律。当然面对重大题材的时候，还要请记者提前介入。我非常乐见南方日报现在的跑线记者尚黎阳的一句话：法院的稿子很干净。

在融媒体时代，我依然固执地认为，通讯员一定是新闻内容最大的“供货商”，至于传播的方式和表达的效果，那一定是南方日报的记者和编辑更在行，专业的事交给专业的人去做，因为他们始终是党的“喉舌”，始终是传媒界的翘楚。

岁月匆匆过，双鬓染白霜。遥遥梦千里，落字忆茫茫！剪理一段19年的光阴，让自己年少时的彷徨化作嘴角阑珊的笑意，在旖旎迷离中肆意绽放。曾经的头条已经泛黄，静静地躺在那里，仿佛还能闻到素素的墨香。一直说，上天给予我们的每一个安排都是最好的，我想，因为有了遇见《南方日报》的温暖，所以才有了此时回忆如花的感觉。轻轻涂鸦这些文字，增添记忆的丰满。把岁月里的故事放在光阴小站，那里有四季，有风，有花，有雨，还有真诚的付出！而我，则收敛了年少时的轻狂，多了一丝中年大叔的情长，在《南方日报》70华诞之际，送上我最真诚的赞赏。

（作者系广东省高级人民法院宣传处处长）

我与《南方日报》三度结缘

□ 谭步云

步云作为读者，什么时候开始阅读《南方日报》已经记不清了；可作为其中一个作者，什么时候与《南方日报》结缘却是记忆犹新。

1972 年 5 月 7 日的《南方日报·火炬》副刊载有一篇小说《两只灰斗》，署名“广州钢铁工人董霜”。区区在下固然便是“广州钢铁工人”，不过，“董霜”却只是吴建新、任宝荣和我的笔名而已。小说主笔是建新兄。笔名是宝荣兄取的，寄寓千里草不惧风霜之意。冠以“广州钢铁工人”，无非仰仗工人阶级的名头以利于稿子刊发罢了。其时，我们几个“文青”在两乡楼夫子朱帆先生指导下舞文弄墨，并通过夫子得以向小说家黄谷柳、欧嘉年、郑日夫等先生请益，沉浸在成为一代文豪的黄粱美梦之中。事实上，即便发表了这么个短篇，也没有多少好处。稿酬是没有的，代之以《鲁迅杂文选》（上海新华书店，1972 年 3 月版）一册、南方日报专用稿纸一沓以及印有南方日报 Logo（标志），在当年也算有点儿高级的笔记本一个。作品见报的兴奋消退，建新兄还当他的粮食加工厂工人，宝荣兄还当他的中学教师，我呢，仍旧是一名钢铁工人。也许，最为得益的还是我。厂宣传科科长雷宇是新诗诗人，颇费了一番周折才找到“董霜”——谭某。自此，才 19 岁的我出人意料地成了厂宣传科的一员，负责我所在车间的宣传报道工作，甚至在不久后的“批林批孔”运动中负责给同事们做文章导读，从而得以精读《论语》的只言片语。而最大的好处是获得了不少进修机会：参加各类画画、写作的学习班。画家关山月、王肇民、邝声，雕塑家关伟显，作家韦丘等都当过我们的指导老师。至今清楚地记得韦丘谈创作，说他因为写下“窗前一阵桂花雨”那样的“封资修”诗句而检讨云云。我心里却嘀咕：诗句很美啊！

此后，我们的文学创作热情依然高涨。合作的电影剧本《三元里》，尝呈导演张良先生审阅，差点儿就真给拍成电影了。

今天翻看旧作，才真正理解“休将文字占时名”（柳宗元《衡阳与梦得分路赠别》诗）的可贵。惜乎当年实在幼稚，全然不明白其中的深意，悔其少作自不能免。话虽如此，针对当时学生无心向学、工人消极怠工的现状而作的这篇小说，用当下的话说，还是蛮正能量的，恐怕正切合当年的价值取向。

再度承蒙《南方日报》垂青，已是22年后了。那时正任职中山大学古文献研究所。编辑先生征稿云，你们这些大学的学者，从事古籍整理当然是职责所在，但也不妨撰写点儿雅俗共赏的读物，以惠广大读者。于是便有了拙作《顽石的魅力》，刊于1994年3月3日的《南方日报》。虽然文章远未臻张文襄公之洞所谓的“有用”至境，但较之《两只灰斗》自是不可同日而语。

第三度与《南方日报》结缘，又过了23年。《京都清水寺即事》等五首诗作载于2017年11月9日的《南方日报》A21版。尽管作品面世的莫名喜悦早已不再，却感触良深：如“窗前一阵桂花雨”般曾被目为糟粕的文言旧体终于可堂堂正正刊登在党报之上了。韦丘先生泉下有知，定当开怀而重拾诗心了。

笔者与《南方日报》的三段情缘，于我个人的命运自然不无影响，更是见证了传媒乃至社会的时代变迁：“文革”的愚昧封闭→开放改革的启蒙→全面的思想解放。确乎值得留下若干文字以作印记。

（作者系中山大学古文字专家）

《南方日报》叫响一个山区的名字

□覃 琪

信宜是粤西一个典型的山区市，境内有海拔1704米的广东第二高峰大田顶，银岩顶、鸡笼顶、八排山等逾千米的山峰有近百座，导致对外交流困难重重。千百年来信宜就这样偏安一隅孤处一方。在20世纪90年代以前，因为交通、通信基础设施落后，外界也鲜有人认真地打量过她、关注过她，哪怕是叫上一回她的名字。

"东方风来满眼春"，1992年春天的南粤大地处处生机勃发。改革开放的春风吹拂着信宜山区，她轻推山门，步履蹒跚却也坚定地向山外走去，渴望着走进时代潮流。如同小角色初登大舞台一样，大锣小鼓的铿锵必能激励她胆壮步健。1995年金秋信宜撤县设市，这个时候正是信宜稻田一片金黄之际，水稻收割完后山区信宜传来喜讯：水稻亩产单造突破500公斤，年产达到1010公斤。时任信宜市委新闻秘书的我第一时间向南方日报采访通联部报告了这一消息，南方日报社对此十分重视，当即派出驻茂名站记者到信宜进行实地采访。12月6日《南方日报》在头版头条推出了《粤西山沟飞出高产金凤凰》的消息和《粮食增产，仍有潜力》的评论员文章。报道出来后，引起了各方强烈的关注。听有关人员说，时任广东省副省长欧广源看到这个消息后也是十分高兴，同时更加关注信宜山区。1996年春耕时节，欧广源同志在信宜主持召开了“全省水稻改低创高现场会”，全省各地农业生产的领导、专家齐刷刷走进了信宜山区，信宜的名字一下子在南粤大地口口相传。时隔一周，1995 年 12 月 13 日《南方日报》又在头版二条位置刊发消息《把名牌“龙头”舞起来 信宜经济建设喜讯频传》，报道了信宜的名特产品。那两年，信宜在《南方日报》上不断亮相，让信宜走出大山，融入时代潮流的脚步越来越快、越来越有劲。

1997 年 7 月 1 日香港回归祖国的怀抱，为了祝贺香港特别行政区成立，当年春天，广东省人民政府决定制作一件富有广东特色、意义深远、设计新颖、技艺精湛的工艺品作为贺礼，赠送给香港特区政府。在几经比较、权衡全省各地选送的 30 多个方案后，最终决定以信宜报送的以全国三大名玉之一、信宜著名特产“南方碧玉”为原料制作大型玉雕的方案为基础进行提升完善，由信宜市委、市人民政府承办，信宜南玉工艺厂为主制作单位。为了把礼品做成无价之宝，省政府相关方面及广东玉雕界众多名家不断深入信宜山区进行指导、攻关，信宜一时成了广东玉雕人眼中的宝地、福地。6 月 3 日，礼品制作将要圆满成功之时，时任广东省省长卢瑞华亲临信宜，前往工场对礼品进行检查验收。根据省政府的要求，《南方日报》在第二天对此事进行了简要的报道，广东省赠送香港回归礼物揭开了神秘的面纱。6 月 10 日，巧夺天工、晶莹亮丽、高贵典雅的稀世珍品——大型玉雕“一帆风顺”从信宜启运香港。6 月 11 日《南方日报》头版 2/3 的版面分别以消息《祝愿香港同胞一帆风顺》《“一帆风顺”送香江 一表深情迎回归》，通讯《精雕巨龙寄深情——写于香港回归倒计时 20 天之际》，配合“一帆风顺”礼品真实大图隆重推出，一经刊出即在社会上引起热烈的反响，南国玉都信宜的美名得到了空前的弘扬。在那段时间，“一帆风顺”的礼物微缩品成为全省各地赠送外宾的热品，信宜南玉工艺产业迎来了发展的“高光”时期。而信宜随同这座大型玉雕“一帆风顺”一起驶向香江，名声大振。

“南方日报一次次的推介肯定、鼓励鼓劲，我们做好工作的信心也更足了！”其时信宜市委、市政府及全市上下干事创业的斗志得到充分的激发，1997年起，信宜以城区“一河两岸”改造、玉都公园、梅岗公园等一批市政基础设施建设为抓手，推动信宜改革开放事业加速发展，《南方日报》同步记录了信宜发展的轨迹，连年不断在头版的显著位置推出一系列报道信宜人和事的通讯：《云开大山“孺子牛”——记全国一等功公务员、信宜市委书记陈自昌》（1997年10月27日）、《玉都春风惹人醉》（1998年4月7日）、《一河两岸展美景》（1999年9月12日）……一年又一年，信宜在《南方日报》的声声呼唤中成了广东省山区县一个响亮的名字。

现在的信宜，名特产三华李、三黄鸡、南方碧玉等山货走俏全国各地，信宜也已不再是那个藏在山旮旯无人问津的名字，而是一个令人向往的地方。在《南方日报》即将迎来创刊70周年生日的时刻，我想有很多的信宜人和我一样，想对在蝶变进程中给予信宜满满的爱的《南方日报》道一声：“谢谢对山区信宜的厚爱，祝生日快乐！”

（作者系茂名市人大常委会委员、研究室主任）

《南方日报》两次成为我人生的转折点

□ 邓国军

我对报纸的亲切感从何缘起已记不确切了，也许是蹒跚学步时在湘中丘陵的蜿蜒小路上，当乡邮员的叔叔每天清晨骑着满载报纸杂志的永久牌自行车的响铃声，也许是刚认字时家里的土砖墙上糊满的报纸里密密麻麻的方块字……我自小爱看报、读新闻，这能让我看到一个大山之外更全面和开阔的世界。许多年后我在岭南安家，也仍然乐于每日跟孩子一起看报、看新闻，谈论大到国际时局，小到菜市物价，相信孩子的眼界也会因此而打开。

1998 年 4 月中，我在陕西师大硕士毕业前夕，第一次来到广州中山大学参加校园招聘，第一次看到了《南方日报》，便在其中看到了南粤这个改革开放前沿之地的蓬勃风气，也让我更确信我跨越大半个中国来到这儿是正确的选择。不久后我来到了佛山南海西樵山国家风景名胜区，开始在这个“南粤名山”“城市之肺”里从事旅游推广和管理工作。

2003 年春，“非典”在广东肆虐。彼时我是西樵山森林公园的副总，由于“非典”，西樵山的旅客人数锐减，最惨淡的时候一天只卖了 4 张门票。《南方日报》从当年 1 月开始不间断发布最新权威信息，《从容面对大局》《非典型肺炎病原是衣原体?》《广东投入 15 亿构筑“防疫大堤”》等报道让广大市民看到了广东“临危不惧、沉着应对，实事求是、尊重科学，无私奉献、顽强拼搏，万众一心、敢于胜利”的抗非精神。我也从此对《南方日报》及其记者的专业与敬业留下深刻难忘的印象。

当年6月，我主动向上级请示，想邀请钟南山院士和他的“抗非英雄”团队来西樵山放松度假。6月21日，钟院士和120多位医护人员真的应邀来到了西樵做客，上千名自发而来的西樵干部群众涌上街道鼓掌欢迎刚解战袍的抗非勇士。当天晚餐后，钟院士还亲自上场参加篮球友谊赛，68岁的钟院士身手敏捷，频频投中三分球，赢得阵阵掌声和欢呼。此行南方日报也在全程跟进，作出了很好的报道。

而说起《南方日报》如何成为我人生的转折点，首先还是缘起2003年4月初看到的广东省首次联合公选公告。那天，我的一位同事给我递来一份刊登着干部公选公告的《南方日报》，他对我说：“松山湖科技教育局副局长这个职位，简直是为你量身定做的!”我仔细一看——“35岁以下、硕士学历、大型国企中层干部、五年科教工作经历”，而我对东莞并不陌生，此前我就经常开着旅游大篷车在东莞各个镇街推广西樵旅游，我也曾偶然路过石大路和兴园路的交界处，看到一块一米多高的木牌上用毛笔字写着“松山湖科技产业园”，没想那么匆匆一瞥，我会在之后与其结缘，成为松山湖“拓荒牛”队伍中的一员。

当年12月我以笔试第一名、面试第二名的成绩公选上岗，担任松山湖科技教育局副局长。我来了之后，才知道松山湖科技产业园区承担了推动经济模式转变、缔造新的增长引擎、再造一个新东莞的重任。2005年华为公司高层来到松山湖实地考察，看到这里的生态环境和投资环境，他们表示相比有的开发区零地价邀请落户，即便进松山湖要钱，华为公司也愿意来。这也成了松山湖招商工作的重要转折点。我在松山湖科教局、经贸局、招商局的工作岗位上一步步看到了松山湖的飞速发展，也在个人职业生涯不断转变过程中取得了一些微薄成绩，这些都离不开《南方日报》给我的机遇以及持续的良性互动。

《南方日报》给我带来的第二次人生转折点是2016年的一篇报道。我的父亲毕业于湖南省岳云中学，新中国成立后担任乡村教师，一辈子教书育人，我从小受他的教诲和熏陶很深。1990年到1995年我在故乡当了5年老师，我的兴趣也在教育领域。2016年，第一届全国文明家庭表彰大会举行后，家风、家教建设成为举国关注的焦点，有了这个契机，我开始再次思考我能为家庭教育的推广做点什么。而让我真正意识到家庭教育大有可为的是我刚担任松山湖家庭教育促进会荣誉会长的时候，《南方日报》发表了我五篇家庭教育系列文章，其中一篇《再忙也要陪孩子》详细讲述了我如何在生活中陪伴、教育孩子，与他一同成长，表达了我对家庭教育的一些个人观点。报道出来后，反响很不错，我意识到这是一个值得我付出心血的方向。此后多年，我一直在家庭教育的研究和推广领域努力，愈做愈加觉得正确的家庭教育确实能够成为真正影响人一生的最重要一环。

今年是新中国成立70周年，也是《南方日报》创刊70周年。我看了20多年的《南方日报》始终是一位杰出的时代记录者与变革倡导者，对普罗大众而言，她是一个日日相伴的“世界之窗”，也是一代代孩子教育的最好“百科全书”。感谢《南方日报》！祝福《南方日报》越来越好！

（作者系东莞松山湖国际机器人研究院高级顾问。本文由南方日报记者张仕婷整理）

《南方日报》帮我“站”起来

□ 杨思莹

今年，我才认识了《南方日报》，但她给我带来无限的希望，带着我“走”出大山，帮我重新“站”起来。

我今年 11 岁。几年前，我得了一种“怪病”，双腿无力，到三年级时就再也站不起来了，爸妈带我到处治疗，但不见效果。爸妈常年在外打工，我和 87 岁的奶奶一起生活，走不了路，就上不了学。幸好，有 45 名同学轮流背我上学，让我能够继续学习。

5 月 14 日，南方日报的记者哥哥姐姐们到甲隆小学采访我，报道同学们背我上学的故事。他们很有爱心，很快，我们就成了好朋友，我接受采访也不紧张了。

6 月 1 日，《南方日报》头版刊发了《45 双脚走出“求学路”》的报道，很多人知道了我和同学们的故事，也开始关注我的病情。听到广州的医院提出为我做免费治疗的消息，我开心地在电话里大叫了一声，马上把好消息跟奶奶、老师和同学们分享。

6 月 13 日，我的愿望实现了！

广州的第一站，我来到南方日报社。哥哥姐姐们为了迎接我，把办公室装扮得很漂亮，挂上了亮晶晶的小彩灯。我还发现，报社的很多人都认识我，在办公室里、电梯口处，哥哥姐姐们很关心地询问我的情况。

广州的第二站，我来到广东省第二人民医院接受治疗。这里的医生、护士都非常温柔，有时候我很害怕，他们会一直安慰、鼓励我。虽然我的病治愈难度极大，但是可以在专属支具的帮助下重新“站”起来，我很开心。不过，数万元的支具费用，又难住了我。

我没想到的是，更多热心人士的爱心让我看到一个又一个希望：支具厂家减免了支具的部分费用；茂名和化州的妇联、残联为我筹够了支具费用……我特别开心！

暑假刚到，我就来广州的支具厂家定制支具，同时还要到康复医院进行治疗。从 7 月 8 日到如今，我每天都要进行训练，记者哥哥姐姐们经常来看我，还给我带上一些小零食。有时候痛到流眼泪，但是我不会放弃。

今年是特别的一年。祝 70 岁《南方日报》生日快乐！谢谢你带给我温暖和希望，我会好好珍惜，继续加油，努力“站”起来，回报大家的爱心！

（作者系茂名市化州文楼镇甲隆小学学生。本文由南方日报记者马思敏整理）

辑三

情缘

风继续吹

□ 梁凤莲

“悠悠海风轻轻吹，冷却了野火堆……过去多少快乐记忆，何妨与你一起去追，要将忧郁苦痛洗去，柔情蜜意我愿记取……你已在我心，不要再问记着谁……”

当这首被翻唱的经典粤语流行曲，从KSD音箱流淌出来的时候，我的眼睛滑行到报纸上的这个标题“我与南方日报”。我与《南方日报》，将近33年的情缘，几近人生岁月大半过往的见证，如师如友的温慰，种种经历感触，如同快闪的活动播放，把我带进时间的河流里。一报为航，我从此岸往来时的对岸回溯。

我从书柜底下的公文袋里，翻出33年前初冬的那张样报，那是《南方日报》给予当年还是文艺青年的我将近半个版的鼓励，那是1986年我发表在副刊《海风》上的第一篇散文。陈旧的报纸脆薄易碎，而此时的温热却新鲜而温婉。

20世纪90年代的广州迎来了第一波的移民潮，旧火车站的人来人往宣示着到南方去的所有渴望。同时，身边的同学亲友，也乘着这开敞的机缘，把出国热卷到大洋彼岸去了。

那时，南北贯通的广州大道才刚刚开通了连接环市路和东风路的那一段。当年，我研究生毕业的第一份工作，就是先骑着单车，然后是摩托，从旧城区跨越整条东风路，到新落成的南方日报报业大楼上班，这段距离，几近是当年广州城区跨度的最大距离了。谁也想象不出报社周围的农田村落，已经成了今天广州的现代化核心区，成了广州大都市面貌的一个地标。广州发展的速度，轻轻就把局促的想象力碰碎了，这就是亲眼目睹的沧海桑田般的变迁啊。

今天，我终于有机会，向那些我敬重的师长朋友，说出我一直无法再次表达的感谢。没有感恩，我不知道人心的温暖何以搀扶一个人的远行、一个人默默的守候，在路灯依稀的夜晚，在烟岚迷蒙中前行。此时的《南方日报》于我，便化身为抬头时的星空。

我书桌的抽屉里，还一直保留着陆北威大姐十多年前亲笔写来的信，娟秀灵动规整的笔迹，流淌着她内心的诗意。每次发表了文章，她在给我寄样报的时候，总是会在原稿纸上写下几行鼓励的知照的话。我总是对着这短短几行字的信纸发呆。前行的路那么远，可你知道旁边有人会随时地递你手杖，助你一臂之力。职场不时刮起的冷风冷雨，你侧头一看，总能看到她作为一个资力厚实的前辈，眼眸里宽厚的笑意。是的，有什么关系呢，继续赶路吧。

直到她退休了，直到资讯年代似乎难以重拾彼此的联系，而每当经过环市东路，那是过去南方报业的宿舍，我都不由得盯着那片楼房默念一下，惦记一下，她的家大概就在那里。有美好内心的热心肠之人，时间想必会还她一份踏实的安稳。偶然地，来自茂名的朋友在电话里托我寻她，我在心里回应，这种恩师一般的良友，遇见了就是福分，见与不见，何尝不会在心里好好收藏。

有时候，幸运的话，你所相逢的信任，是不需要担保的。她会如期而至。当年分配工作实习时，与李贺一起在报社大楼的同一间办公室里，她小女孩似的谦恭，走路无声的安静，她的声音如暗香婀娜，不急不躁。直到30年过去了，我终于领悟，这样的心性，是返璞归真后的淡然了。电话里，她总是说，你的稿子要放《海风》版的头条。那个以珠江为背景、以广州海心沙为舞台的亚运开幕式，把广州的文化推送到世界范围的注视之下，她把一座城市的爱恋与传奇的稿子发了几乎一个整版，她在后面用力地推动着我站起来，把对广州的喝彩放送出去。我回头寻找她的目光，她总是还一个波澜不惊的微笑。

这是一种让人泪涌的鼓励。鼓励你不要懈怠，不要轻易满足，不要遇挫放弃。

有多少的遮顶压力，就会有多少的冲劲突围坚守。因为无声的声援就在电话边，就在《南方日报》每次的头条的勉励里。

那个洒脱的被昵称为“李大爷”的李平科老师，20多年前的专栏预约。20世纪90年代用的还是手抄的稿件，这个专栏，我一写就是两年多，后来结集成《风荷人语》，也算是南广州的一种感悟与记录。他在报社旁边的餐厅预订了一桌火锅，为我鼓劲。十多年后，他亲自操刀，为我的新书写推荐，把我的职业从作家定名为学者，为一套两本写了十年的书，而给我的新的蜕变的身份加油。

“海风”是饱满的、温热的，潮起潮落而来，汛来汛走而散，她汇聚着八面风情，她带来年岁的更迭。而“海风”总会如期而至，你只须迎上前去，信任地眯起眼，让风一直吹，吹给你清爽的舒展，吹给你信心和放松。

广州这故乡之城，离大海并不远，珠江边上，海风轻轻吹，你就是吹着这珠江的风长大的、变老的。广州也在这样的海风中嬗变着，一天比一天美好起来。

是的，故乡的情缘不了，我与《南方日报·海风》版的情缘仍未了，多么美好而不可多得的相遇相守啊。

“让风继续吹，不愿远离，心里极渴望，希望留下伴着你……”那首经典老歌总在我的心里响起，感慨万千，情意绵绵。

是的，让风继续吹吧。

（作者系广州市社科院岭南文化研究中心主任）

“头羊”腾飞芳草地

□申　平

2000年秋天，我终于结束了在南方的流浪生活，正式调入惠州市文联工作。这样，我就有了在办公室里读书看报的条件。既然变成了“新客家”，当然也对本地报纸格外关注，由此我很快发现并爱上了《南方日报》的小小说专版。

早在来南方寻梦之前，我在家乡工作的时候，就已经写作发表了大量的小小说作品，在当地小有名气。当我看到这样一张省级大报竟然也开设了小小说专版，并以每周一版的密度推送时，兴奋异常。那种感觉，就像是一只饥渴已久的羊儿，突然发现了一片大草原。于是我重新拾笔，开始创作小小说，并试着给《南方日报》投稿。

我第一篇“投石问路”的稿件，是《大沙滩》，写的是一位县委书记跟部下在一片大沙滩上摔跤的故事。县委书记本想过把“摔跤瘾”，但是他的部下却没有一个敢跟他真摔，最后气得他只好去找放牛的小伙子摔跤。那时还不能发电子邮件，投稿只能通过邮局。我把装有稿件的信封投入信筒，心里就在计算它几时能到广州，又几时才能到编辑手上。按照以往的投稿经验，稿件一个月之后有消息那都是快的。但是出乎我意料的是，仅仅隔了半个月的时间，这天我打开《南方日报》，却发现《大沙滩》被改名《摔跤》，已经在小小说专版的头条位置赫然刊登了。不但是速度快，而且题目也改得好。原题“大沙滩”有点含义模糊，但是“摔跤”却色彩鲜明，充满动感，而且直指核心事件。我心里暗暗赞叹：不愧是省级大报的编辑，不一样就是不一样！

“投石问路”获得成功，这使我大受鼓舞，开始快马加鞭写作小小说。也许是因为重新回到了文化工作岗位上，那时我的工作热情和创作激情都如火山般爆发，小小说写作进入喷发期，有时候一天就能写好几篇小小说。我挑好的小小说继续投给《南方日报》，几乎百发百中。这对我无疑是一种极大的鼓励。

2001 年秋天，我写出了我的代表作之一《头羊》。这篇小小说，写了一只代表先进生产力的头羊与代表落后生产力的羊倌儿之间的一场博弈，博弈的最终结果，是阴险的羊倌儿设计害死了头羊。稿件写好后，我把它拿给朋友看。有人说好，有人说你这篇作品肯定在广东发表不了。我问为什么，回答说，因为你的稿子里写了什么本地羊和外地羊，这不是暗喻本地人和外地人吗？这样的稿子如果发出来，说不定会造成本地人和外地人之间的矛盾。我在受到惊吓的同时也颇不以为然，就把稿件投到一家地方报纸去试，竟然真的没能发出来。

又过了一段时间，我把这篇作品重读了一遍，感觉“暗喻”之说根本就不存在。我把稿件直接寄给了《海风》版编辑。一周之后，这篇作品就在小小说专版的头条位置发表出来了，还配了非常好的插图。发表出来就有了反响，那些天我接到了不少电话，打电话的有外地人也有本地人，他们一致称赞这篇作品。最让我高兴的是《小小说选刊》主编杨晓敏也很快打来电话，要我立即写一篇创作谈给他们寄去。不久，《头羊》又在《小小说选刊》的头条位置加创作谈一起发表出来。

2003 年 5 月，由《小小说选刊》举办的“2001—2002 年度全国小小说优秀作品奖”揭晓，《头羊》忝列其中。这是我从事小小说创作以来获得的第一个重要奖项，为后来获得“金麻雀奖”奠定了扎实的基础。从此以后，《头羊》不断被各种选刊、选本转载，进入大中专阅读教材、语文测试题。我凭《头羊》一炮走红，引起了全国小小说业界和广大读者的广泛关注，各种关于《头羊》的评论文章也不断见诸报端。

再到后来，我继续在《南方日报》等各地报刊发表小小说，不断获奖。小小说助力我成为中国作协会员、国家一级作家、省文学院签约作家、省市小小说学会会长。我觉得我取得的所有成绩，都与当初《头羊》的发表有关。《南方日报》小小说专版，对我和许许多多的小小说作家来说，那真是一片肥沃的大草原，是一片让“头羊”得以腾飞的芳草地；那里的编辑老师，是值得我们永远铭记的知心朋友。

（作者系国家一级作家、广东省小小说学会会长）

我与《南方日报》：廿载情怀不变

□ 温朝霞

1999 年，在纪念五四运动 80 周年的学术大讨论中，年轻的我将自己的思考凝结成一篇文章《新文化运动与中国当代文化》，投给了《南方日报》，很快就发表在当年 6 月 7 日的《新论丛》版上。这是我第一次在《南方日报》上发表文章，而且是学术理论类文章。那一年，我 20 来岁。

在此之前，作为一名文艺青年，我在一些报刊上公开发表了为数不少的文学作品，基本是千字左右的“豆腐块”。而第一次以青年学者的思悟，出现在以思想深度见长的中共广东省委机关报——《南方日报》上，并以 3000 多字的大篇幅占据了该版的头条，真是一种莫大的鼓励，也坚定了我走文化研究学术之路的决心。

我与《南方日报》的情缘，由此展开。20 年来，我在《南方日报》上发表了 20 多篇文章，有学术理论类的，也有文艺评论，其中有的还被其他报刊转载。20 年来，我成为《南方日报》的老作者，也是忠实读者。在《南方日报》上发表的文章，影响了我人生的轨迹。

记得当年，我国改革开放的序幕刚刚拉开，国民经济逐渐得到恢复并取得初步发展，社会文化消费需求也得到了复苏。在此背景下，广东最先实行文化和经济相结合以促进经济发展的尝试，文化产业最早得以萌芽和发展。广东的流行音乐、影视产品异军突起，与港台歌曲和影视剧一起席卷大江南北，成为风靡一时的粤式大众文化现象。身处改革开放前沿地，理论工作者们纷纷关注这些变化，我也开始研究文化产业问题。2000 年 10 月 23 日，我在《南方日报·新论丛》版上发表了一篇题为《文化产业：扭转劣势迎竞争》的文章，得到广东省委宣传部领导的关注和批示。随后，我应邀参加了省委宣传部为期一年的文化产业调研，并撰写了多篇咨询报告，其中一篇还为省里组建家庭期刊集团提供了决策参考并得到转化应用。后来，我持续在《南方日报》发表多篇文化产业的研究文章，从政府职能的转变、文化体制改革、新型文化业态、文化产业跨界融合等方面，探讨文化产业的发展问题，均在读者中产生了不小的反响。如今回想往事，感谢南方日报编辑的慧眼和引导，为我这样一名年轻学者的成长提供了良好平台，也为广东新型智库的构建提供了重要支撑。

“高度决定影响力”，这是《南方日报》早在 2002 年 8 月就提出的口号，并一直坚持至今。如何理解“高度决定影响力”？对此，南方报人曾经作出了回答：“用独立的见解、独到的思考、独特的视角观察社会，关注人群。用我们的‘高度’来参与社会潮流、引导社会潮流。我们要用一个又一个的‘隆中对’，为读者的思考和判断拓展更有方向感的空间。刘备之所以能够‘三分天下占其一’，是在听取了诸葛亮的‘隆中对’策略后，才找到了正确的方向和答案。《南方日报》所追求的‘高度’，就是要为社会各界人士提供大大小小的‘隆中对’，成为管理者、经营者手中必备的‘智库’‘锦囊’。这就是‘高度’，这就是‘影响力’。”

今天再看《南方日报》10 多年前的调整与定位，恰好与新时代中国特色新型智库建设的要求与方向不谋而合。

20 年来，作为忠实读者和作者，我见证了《南方日报》与广东改革开放同步的锐意创新、砥砺前行。随着南方报业传媒集团的转型发展，推出“南方+”融媒体等创新举措令人耳目一新。值得一提的是，在当前传统纸质媒体普遍受到新媒体冲击而版面有所萎缩的情况下，《南方日报》的理论版不仅没有减少，反而加大了创新力度。从过去的《新论丛》《笔谈》到今天的《理论周刊》，《南方日报》理论版与时俱进、日新月异。2019年1月《南方日报》新一轮改版后理论版新增了《文史广角》栏目，我有幸成为在该栏目发表第一篇文章的作者，所发的《永庆坊：广州旧城微改造的文化新地标》一文受到广泛关注，有高校的研究生在读后专门致电向我请教相关问题。是什么原因让《南方日报》在社会上一直保持强大的影响力和吸引力？毫无疑问，就是那句话：高度决定影响力。站位的高度、视野的广度、思考的深度，决定了其影响的力度。对于办报，对于理论研究与宣传，都是如此。

“太山不让土壤，故能成其大；河海不择细流，故能就其深。”20年来，放在书柜里的一张张《南方日报》，不管是泛黄的还是崭新的，始终都散发着油墨的馨香。感谢《南方日报》20年的陪伴，情怀不变；感谢报社老师、同人的帮助，一路同行。相信与共和国同年岁、与新时代齐奋进的《南方日报》，一定会乘风破浪，越办越好。

[作者系中共广州市委党校（广州行政学院）教授、博士]

来自“南方”的公安情结

□ 周晓辉

想当年，我到广州街头报摊掏出4分钱说道：“俾份（粤语，给一份）‘南方’!”报贩就会递过一份飘着油墨香味的《南方日报》。熟悉的报贩常搭上一句：“係咪（粤语，是否）又有公安新闻啊!”我的“南方”公安情结由此回溯。

一晃就是几十年。中华人民共和国70华诞来临，守护祖国走过同样历程的广东公安和南粤舆论阵地《南方日报》，也双双喜迎大庆，令我这名退休老公安高兴之余，浮想联翩。我作为该报的老读者，也曾为广东公安宣传阵地的一名战士，自然与《南方日报》有着特别的感情了。

说起来，与其结缘最早是在20世纪70年代。1972年12月，我还在海南岛生产建设兵团当知青，因工作取得一定成绩，所在的团部报道组派人来采访我，这篇谈体会的文章在《南方日报》刊登后，一时轰动连队。当时海南行政区属广东省，能上省级报纸，是很高的荣誉。家人在广州也看到了，父亲还专门写信鼓励我“要戒骄戒躁，努力工作”。后来，我被群众推荐到广东省政法干部学校公安专业读书，毕业后分配到省公安厅从事宣传工作。

1979年，改革开放刚拉开帷幕不久。7月中旬，我担任广东公安报摄影记者才一个月，首次接受外出采访任务就是到新诞生的深圳市拍摄公安边防工作，先后去了市公安局和边防检查站的多个基层工作点。回单位后，我冲晒出黑白照片在办公室挑选。碰巧，这天南方日报政文部主任苏仲衡来我们办公室，他顺手拿起几张照片看了看，并用广州话称赞说："影得几好啊（粤语，照得挺好啊）！"经单位领导同意后，他选了两张带走备用。那时《南方日报》只有四个版，平时刊登公安的内容和图片并不多。真没想到，8 月 20 日，《南方日报》第二版就采用了我的图片《深圳边检站干警检查货运列车》，成为我公安新闻摄影历程中第一张公开发表的新闻照片，这对于手持国产海鸥 120 相机刚刚开始职业新闻摄影的我，无疑是很大的鼓励。

后来，我还主动向《南方日报》投稿，其中《李坚真春节前夕慰问公安干警》《汕头边检站干警关心烈属》《省公安厅民警悼念安珂》《女法医陈仲芝》等新闻图片还在第一版见报。

平时，我经常阅读《南方日报》，对该报刊登的各类图片，我都认真浏览，一有机会就向老记者虚心请教。《南方日报》已成为我获取信息、知识和学习新闻摄影的良师益友。

时光荏苒，转眼到了 20 世纪 80 年代中期。根据普法教育的需要，1985 年 10 月 30 日开始，从内部发行转为公开发行的《广东公安报》正式与广大读者见面，这份由广东省公安厅主办、南方日报印刷厂承印的报纸走上社会后取得了辉煌的业绩。我和南方日报又形成了一种新的工作关系，联系更加密切了。

其实，早在公安报内部发行时，我与南方日报印刷厂已经是"老交道"了。因为那时报纸还是铅印时代，公安厅印刷厂没有制作锌片图像电版的设备，公安报要用的照片，都由我骑单车送去位于广州市东风五路 729 号大院内的南方日报印刷厂电版车间制作。负责第一道工序的老工人娴大姐技术熟练，工作踏实，每当我说急用的图片，她立马就做。公安报转到南方日报印刷厂排印后，因为我兼任图片编辑，凡是当期有图片专版或重要专题图片的报纸付印前，都要到印刷厂参与最后一次校对，与排版车间的工人常有接触。

1991 年 9 月下旬，我听该车间工人说：“《南方日报》已经改为电脑排版了，铅字和有关设备将陆续淘汰。”怀着对这里的一种特殊感情，我拿相机拍摄了南方日报印刷厂铅字排版车间最后一代工人的工作场面，他们检字和整理最后一期铅印《南方日报》版面等真实情景，被一一收入镜头，留作永久纪念。

长期以来，每当我的新闻摄影取得成绩时，总是离不开南方日报的关心和鼓励。1992 年 7 月，经南方日报社新闻专业中级职务评审委员会评审通过，我获得了摄影记者中级职称，这是对本人 10 多年新闻摄影业绩的充分肯定。1994 年 3 月，我拍摄的新闻图片《贪官伏法》获得第十三届中国优秀新闻摄影作品金牌奖，成为广东在历届评选中实现金牌“零”的突破的作品之一。1996 年 3 月，我的另一张新闻图片《新婚诀别》获得第十五届中国优秀新闻摄影作品金牌奖，成为当时广东唯一两度夺得金牌的作者；不久，这幅新闻图片又被评为第六届中国新闻奖摄影一等奖，我也成为广东首个夺得这个年度新闻最高奖的作者。同年 7 月，我还获得了第二届中国新闻摄影记者金眼奖，这是广东摄影记者首次获此荣誉。关注上述情况的时任南方日报摄影部主任钟荣健，主动打电话约我提供了《新婚诀别》和《烈火金刚》等 4 幅获奖作品，并请摄影评论家张小文撰写解读图片的文章《向心灵深处冲击》，在 8 月 30 日的《南方日报》第四版用了大半个彩色版的篇幅刊登。我觉得，这不仅是对获奖作品的赞赏，更是对新闻图片中反映公安民警敢于斗争、勇于奉献的精神给予的大力宣传和高度颂扬。

今天祝福《南方日报》70 岁生日，我真诚的礼物是：“回忆”和“感恩”！

（作者系全国公安摄影家协会理事、广东省公安厅新闻中心原调研员）

我和《南方日报》的新闻故事

□ 谈细育

我和南方日报结缘于1989年。当年，南方日报第一份子报《广东农民报》（1994年更名为《南方农村报》）刊登了我的一篇通讯员来稿。从此，我和南方日报情缘不断。

20世纪80年代，我在肇庆市德庆县乡镇工作，工作之余总在琢磨如何给报社供稿，尤其对《南方日报》情有独钟，只要有一篇稿件“攻上”《南方日报》便有十足的成就感。为了让德庆县基层改革的好声音多上省报，我曾厚着脸皮敲开陈光寰主编的家门向他请教，并且真诚结交记者、编辑朋友，向他们学习，与他们合作。

1997年初，我开始担任德庆县委新闻秘书，从此成为南方日报的“编外记者”，一干就是5年。摄影部钟荣健主任给我帮助不少，他曾连续10个春节无休到一线采访，其中有两个春节被我邀请到德庆采访民俗活动，有一年他采访时脚部还挂了“重彩”。

因为见报稿件多，我年年都被评为南方日报的“优秀通讯员”，还拿了个“十佳新闻秘书提名奖”。

2002年初，我离开新闻秘书岗位到德庆县高良镇当镇长。但新任的县委书记考察了一圈，发现没有一位年轻同事能够胜任新闻宣传工作，于是又把我调回原岗位，让我再做一轮县委新闻秘书，这在全省是绝无仅有的事情。

我对当好新闻秘书的第一点体会是找准政府宣传与新闻报道之间的平衡点。如果思想保守，充其量是个不按新闻规律出牌的宣传员，媒体上稿率肯定不高；如果过于迎合媒体需要，体现不了政府意图，登了也等于白登。这点体会源于南方日报肇庆记者站前站长郑君同志对我的“打击”：他刚来肇庆站时，我拿了一篇领导修改过的稿件给他，他毫不客气地说：“这是宣传稿，不是新闻稿，登不了。”几次深入探讨后，《南方日报》尊重新闻规律的做法对我启发很大。

我的第二点体会是新闻秘书要善于发现、策划新闻。2005 年 3 月某天，我了解到德庆县要组织万名党员干部下乡与农民齐劳动创建生态文明村，于是马上打电话给时任社委王垂林，他当即指导我如何采写好这篇新闻稿。我把新闻初稿投给了《南方日报》，次日便登上了头版头条，还获得了时任省委书记张德江的批示。

2007 年，全省各地都遭遇了汽油荒，为了确保旅游黄金周不受影响，德庆县与中石化、中石油合作推出加油优惠措施。我马上策划了一篇稿子发给《南方日报》，最终以“到德庆旅游有油加”这一通俗易懂的标题登报。有人说，难怪德庆旅游这么火，原来是旅游宣传做得“绝”。

还有更“绝”的。有一年，瑞典“哥德堡号”船员到德庆参观，上午先参拜龙母祖庙，之后去盘龙峡漂流。活动前一晚，我在脑海里盘算：“哥德堡号”船员拜龙母新闻性更强，而且有龙母庙的醒目标识；而漂流到处都有，相比新闻价值弱了。上午活动一结束，我匆匆回到办公室想标题写稿件，第二天《南方日报》等省、市报纸都刊登了我的图片新闻稿《入乡随俗——“哥德堡号”船员拜龙母》。

还有一次，德庆县领导到各个乡镇“群众工作站”开展大接访活动，我发现广州等地的大接访活动人山人海，一天解决了一大堆问题，于是我准备参照其他地区的情况来写。但是我转念一想，德庆县此前已经通过群众工作站把问题解决得七七八八了，群众不会冲着大接访日扎堆来上访，第二天肯定会冷场。果不其然，当天大接访真的“遇冷”。我马上以“反弹琵琶式”写法写新闻稿给《南方日报》，题为《德庆大接访遭遇冷场》。

那一年年底，南方日报在四会片区召开新闻秘书会议，会上杨兴锋总编辑说起此事，拍着我的肩膀说：“这才是做新闻的新闻秘书。”

回首第二次做新闻秘书“狠劲抢新闻”的情形，我仍感慨不已，其情其景仿佛就在昨天，感谢南方日报给了我表演的舞台。在出任两轮县委新闻秘书期间，我三次在南方日报举办的全省新闻秘书会议上介绍经验，连续四次获评日报“全省十佳新闻秘书”，最后一年获得了“全省模范新闻秘书”荣誉称号，在南方日报新闻秘书的岗位上终于修得圆满。

（作者系中共肇庆市委宣传部副部长、市委网信办主任）

“南方”助我写作之路走得更远

□ 陈建族

打开留存在书柜里的那一本本剪报，那一篇篇刊登在《南方日报》的文章让我备感亲切，思绪仿佛又回到了那年那月采访外国军舰访问广州的情景、那上高山和下海岛采访的场景、那随军舰一同出海训练及执行任务的日子、那世界豪门皇马足球俱乐部和 NBA 篮球队来访广州等精彩时刻……

其实，我与《南方日报》结缘很深。能成长为既能写新闻作品，又能写文学作品，还能写评论、理论文章的多面手，与《南方日报》政文、文体、理论、评论等部门老师的精心指导有着密切关联。

记得那年春节，我作为一名军事记者在珠江口一海岛上陪一名战士过年。临行前，南方日报跑军事线的毛哲老师指导我说，这是一个非常好的题材，让我既要把这名战士一天的工作记录下来、写出来，还要把这名战士平时的感人故事一同融进去，这样采写出来的稿子才能感人。几天后，当我把《“兵站长”的春节》一稿发给他时，他专门给我打来电话，说稿子很到位，马上编发。当我从海岛回到广州，部队首长见到我的第一句话是：“这篇报道抓得好、写得好。”我连忙回答：“这是南方日报老师指导得好。”不久，这篇通讯也刊发在了《解放军报》头版。

我作为一名军事记者，对军内采访报道典型人物和先进单位有充足的写作经验，但对如何联合军地媒体同步宣传报道典型，却经验不足。1999年12月20日澳门回归祖国。为做好海军驻珠海工程部队援建对澳门供水工程的典型军地同步宣传，我在人民海军报南海记者站站长李湘东带领下，专门带着采写好的主通讯稿《引来西江水，莲花更艳丽》来到南方日报社，向时任总编辑王春芙提出了军地同步报道这一典型的请求。王总编一听，当场答应配合海军宣传好这一典型，并向编辑记者提出了同步报道的要求。《南方日报》与中央媒体同步对这一典型进行宣传，在军地引起强烈反响，也让我对《南方日报》那句“高度决定影响力”的定位有了更深层次的理解。

爱好文学的我，对一些感人故事和见闻，并不满足于用新闻的形式做完报道了事。那些年月我撰写《中校夫人，伟大的平凡》等散文作品，经南方日报副刊部编辑老师的润色，浓墨重彩呈现在版面上，让我心中的文学情怀进一步得到了升华。后来在南方日报副刊部编辑老师的鼓励下，我为副刊《海风》《闲趣》撰写散文、诗歌、随笔，至今已刊发近60篇。

后来，我转业到地方负责体育新闻宣传工作，南方日报也一直是支持我工作与生活的坚强后盾。世界豪门曼联、皇马足球俱乐部登陆广州，美国梦之队中国广州行，NBA篮球队中国广州站，世界乒乓球锦标赛等国际赛事的宣传效应，都离不开文体新闻部编辑记者的一同策划、一同采写。是他们的一条条策划意见和建议，打开了我的宣传思维；是他们的一篇篇经典报道，让我从中汲取了丰富的营养，融会贯通理出了一条体育大赛从赛前、赛中到赛后的新闻宣传模式，南方日报也让我连续3年当选了“十佳通讯员”。近年来，我又尝试撰写了《广州体育赛事向高质量高水平迈进》《全民健身，规划先行》等20多篇评论、理论文章，经理论评论部编辑老师的精心编发，多次得到省、市分管体育领导和部门领导表扬，说我开拓了体育宣传的新领域。

20年新闻宣传路，一路走来，在蹒跚学步中前进，在南方日报各位同人、老师的引导帮助下，我一步步成长，从新闻采写的“小学生”成长为能独当一面的写作熟练手，感恩于怀，铭刻于心。今逢《南方日报》创刊70周年，想说的感谢话实在难以言表。只愿《南方日报》越办越好，“高度决定影响力”这一品牌越擦越亮。

（作者系广东省作家协会会员、广州市体育局法规宣传处处长）

以初心，致未来

——我与《南方日报》的情缘

□蔡　炯

2019年是《南方日报》创刊70周年，也是我来省审计厅办公室“爬格子”的第十个年头、担任南方日报通讯员的第七个年头。时光荏苒，岁月如梭，记忆深处留下的是审计工作与《南方日报》的点滴往事和我不忘初心的努力。

记得十年前一进办公室，主任就把《南方日报》塞给我，并嘱咐道：“一定要认真看。”《南方日报》作为省委机关报，以其对时事的精准报道和对政策的及时传达成为党和人民的“喉舌”，成为华南地区报业的“领头羊”。而“围绕中心、服务大局”是审计的基本工作方针，如何及时准确掌握中央特别是省委的大政方针、重大决策和工作部署，以及广东经济社会的热点信息，《南方日报》必不可少。从此《南方日报》就成为我学习的源泉，我如饥似渴地吸吮她提供的营养，学习中央和省大政方针，了解广东各项工作的发展进程。特别是每当省委、省政府召开重要会议，出台重大方针政策时，阅读《南方日报》更成为“必修课”。同时，她更像一位良师益友，领我“聚焦时事”，邀我“求是论道”，带我“探索真相”，更在我激扬文字时给予指点。慢慢地，我养成了每天早上翻阅报纸的习惯，每天都期待着她的到来。

三年后，我接班成为南方日报的通讯员，做忠实读者的同时又成了撰稿人，借助这一权威平台传播审计正能量。接下来的几年，是广东审计开始加大宣传力度的几年，恰逢审计事业迎来了前所未有的黄金机遇期，广东审计机关准确把握和适应新时代赋予审计工作的新定位、新任务和新要求，以新理念、新姿态努力推动审计事业发展壮大。《南方日报》见证了这一历程，为我们存留了珍贵的记忆。她记录了审计人员忠实履职的一幕幕：为核实精准扶贫对象的真实性，审计人员头顶烈日走村串户的身影；每年9月从审计厅大楼整齐出发奔赴各地投入财政决算的审计队伍；在垃圾填埋场、污水处理厂留下了审计人员不惧恶劣环境实施环保审计的足迹……她展现着广东审计人的思想智慧和改革创新的魅力：深入开展“大学习、深调研、真落实”活动，积极探索高质量内涵式审计发展新路子；扎实推进审计管理体制改革，推动广东在全国率先组建省级党委审计委员会，在构建集中统一、全面覆盖、权威高效的监督体系进程中迈出了坚实步伐；坚持科技强审，大力推进大数据审计，实现有深度、有质量的审计全覆盖……她讲述着具有“良知、责任、执着、专业、奉献”精神的广东审计人故事：为了理清一笔账务，查实一个数字，审计人加班加点查阅堆积如山的账簿和数不胜数的原始凭证，不辞辛苦询问有关人员，走访相关单位，甚至要追溯或延伸几个年度的账簿和报表；当铁面无私查处违纪违法问题时，不惜得罪人甚至背负骂名……一路走来，感谢《南方日报》，她不仅记载着我们的成长和收获，也承载着我们的希望。

细细想来，我和《南方日报》之间又何尝不是一种缘分，不是一种默契呢？她同样记录了我笔耕不辍的心路历程。我从最初审计一线的冲锋陷阵回到孤灯下咬文嚼字的不适应，到后来沉下心来默默耕耘，直到成为一名笃信“铁肩担道义、妙手著文章”并以笔为武器的战士，这其中《南方日报》功不可没。每到年终，整理着发表在《南方日报》

上的各类信息稿件，仿佛辛苦一年的农民望着金光灿烂的麦浪！与此同时，七年的通讯员生涯也让我目睹了《南方日报》面对新的媒体市场环境，迎难而上，奋力开拓进取，在一系列重大战役性报道中的出色表现。这期间，变的是报道形式、报道内容和传播渠道，不变的是为人民服务的初心和作为党和人民“喉舌”的坚守。

《诗经》有云：“凤凰鸣矣，于彼高冈；梧桐生矣，于彼朝阳。”审计事业正值良时，蓬勃发展势不可挡，犹如凤凰鸣于高岗，梧桐生于朝阳，有《南方日报》做我们的见证者和推动者，是我们的幸运，也是我们的荣耀。如今，广东审计事业正朝着高质量内涵式发展的轨道前行，这是一场耐力赛，需要脚踏实地，打牢基础，一步一个台阶。未来的日子，我们深深地希望，能继续与《南方日报》携手前行，共同成长，也深深地祝愿《南方日报》前程似锦、越办越好。

（作者系广东省审计厅调研员）

小小新闻稿　帮了百姓忙

□ 丘洪松

自从20世纪80年代参加工作以来，我一直坚持业余写作，因为学写新闻，与《南方日报》结下了不解之缘。也因为学写新闻，不仅帮了自己的忙，也帮了老百姓的忙。

记得我当上南方日报通讯员的第二年，本镇（梅州市蕉岭县文福镇）一个丘姓村民接二连三遭遇家庭灾难，在家将不是家，急需大笔资金医治病人时，我和一位下乡挂职的同事合写了一篇《当一家人连遭不幸的时候》的小通讯，被《南方日报》读者来信版采用。让我始料不及的是，一篇小小报道竟引来社会各界人士广泛关注，本镇干部群众、外县外市的企业员工和社会热心人士纷纷打来电话，捐款资助这个不幸的家庭。短短数月收到捐款数万元，极大缓解了这个家庭的燃眉之急。当我们将捐款送给这位村民时，他激动得热泪盈眶，连声感谢报社和我。当时，我真的没有想到报社的作用那么大，能解决对百姓来说天大的问题。2004年，我在文福镇担任党委书记，镇上一个可爱的小男孩不幸患上白血病，其父为救治小男孩变卖了所有值钱的家产，债台高筑，在走投无路之时来找到了我。我带头捐款并发动干部职工捐款，同时采写了一篇《红花少年得重病，恳请好人献爱心》的报道，得到社会各界热心人士的响应，也为这个小男孩筹得数万元的善款。

一直以来，我都在基层工作，特别是2000年后调到最边远的革命老区北礤镇担任镇委书记、镇长，我更是充分利用党报、党刊宣传推介老区山区的旅游资源。北礤一村有多个省重点文物保护单位，包括明、清方土楼和郭姓祠堂，有富有传奇色彩的圣王山、皇佑庵和青云塔，有蕉岭最高山峰金山笔，有全县最大的水库多宝水库，有领导蕉岭、梅县、上杭、武平两省四县革命斗争的蕉梅杭武县委所在地，有解放蕉岭县城的出发地水涨田，更有让国民党反动派闻风丧胆的红军路……当时，我与报社记者合作，用较大的篇幅，图文并茂报道了当地旅游资源。因此，小小革命老区独特的旅游风光呈现在广大读者眼前，不少游客慕名前来观光旅游。后来，我又开发了一个旅游产品叫“金山八宝”，报社又在一版发了一条《金山八宝香飘四海》的消息，宣传推介北礤土特产，当地土特产白茶、灵芝、红菇立即迎来畅销局面，带动了当地村民增收。

2002年，我调到文福镇担任党委书记。为了筹集资金兴办公益事业，我又专门在报纸上撰写了一篇《八旬翁热心公益不言退》的文章，宣扬退休老教师丘松生退而不休，不遗余力、热心为公益事业筹集资金的事迹。他的事迹很快在当地掀起捐款热潮，筹集到数十万元铺设并开通了三坑水泥村道。记得自己在担任乡镇武装部长时，采写过一篇《千里姻缘》的文章在报刊发表，报道我镇一名青年民兵通过《幸福》杂志刊登征婚启事，与有缘人结成夫妻，兴办实业，成为当地致富典型的故事，一时间激励不少青年奋发向上，创业成才。

在日常工作中，我还借助报刊报道的鲜活经验和理论文章，让自己和同事在政治学习和实际工作中得到更多助益；我也会借助报刊这一阵地，大力宣传好人好事新风尚，推动各项工作顺利开展。去年，我在国际著名数学家、菲尔兹奖得主丘成桐的家乡牵头筹建“仓海诗廊”文化工程，当筹建工作取得初步成效后，《南方日报》、“南方+”客户端给予大力报道，赢得了社会各界人士的大力支持。目前，已筹集社会资金近300万元，完成征地2万多平方米，征集书画作品近200幅。经过《南方日报》等媒体的大力宣传，当地县委、县政府对该项目高度重视，已安排1400多万元支持建设。

真的，学写新闻，不仅帮了自己的忙，也帮了老百姓的忙。

（作者系广东地方志办公室副主任）

相识于少年

□刘　妍

在广州岭南报业博物馆展厅的显著位置，有一份特殊的样报——《南方日报》创刊号，格外引人注目。70 年前的 10 月 23 日，中华人民共和国在南粤的第一份报纸横空出世。

《南方日报》，对于我来说一点都不陌生，从小家里就有订阅。尤其令我难忘的是，初二时班主任许老师曾经让我完成了一项特殊的任务——为全班同学订阅一年的《南方日报》。班上 7 名小组长收齐报款后，将一叠叠毛票交到我的手里。我和学习委员、体育委员三人，费了老大劲儿，数了又数，确认报款无误后，就到邮局去订报。学校附近有一小邮局，一听说要订 70 份报纸，立即回绝说："你们错过征订期了，到市里的总局订吧。"拿着这么厚厚一叠毛票去总局，路上丢了或遇上飞车贼如何是好？我灵机一动，叫上班里两名高大威猛的男同学做"保镖"，五人订报小分队以最为保险、低成本的方式——步行前往。

小分队走了 90 分钟，中间还走错路去了另一分局，体育委员的运动鞋鞋底脱了，集体回头找鞋底又花了 20 多分钟，到达目的地整整花了两个小时。穿绿色制服的阿姨看见我们几个满头大汗、气喘吁吁的娃娃，直呼"喘口气慢慢说"。过了大半个小时，阿姨确认毛票无误后，拿出汇款单让我填。急行军两个小时后的我，不知怎的突然手抖发软，一连填错了三张单。等到大功告成时，已是下午两点多，“保镖”嚷嚷着实在挪不开步了。饥饿、疲倦、劳累、脱水……心里暗自后悔，怎接了这样的苦差事？然而，一个月后，每天的晨读课，我们全班同学人手一份《南方日报》，齐声朗读要闻，课间小伙伴们分享各自心中的今日头条，惹来隔壁班级同学那火辣辣的羡慕嫉妒眼光，我们心里比蜜还甜，小分队全体队友的辛苦都是值得的。今天，当年的小伙伴都已是不惑之年，说起急行军中途找鞋底时，那笑声仍然是一浪高过一浪。

大学实习时，我恰好是在媒体。每天首要任务还是与初中时一样——读报。工作后，读报更是必不可少，每天城中的三大报三小报，必须先做个预习功课。读报首先选中的，当然是最为权威的省委机关报《南方日报》。为何？除了从小结下的缘分，还因为她的权威地位。国际国内和省内市内的重要时政新闻，扫一眼主标题副标题，浏览一下核心提示，快速扫一眼小标题，秒懂。任何事件的官方立场、定性，都能在只言片语中被捕捉。全国“两会”、省市“两会”、大案要案、突发民生、博鳌论坛、印尼海啸、南方冰灾、汶川地震……金字招牌并非浪得虚名，靠的就是一步一个脚印，在没有硝烟的新闻战场上厮杀出来的，容不得一丝妄语和取巧。

相识于少年时的《南方日报》，伴随我一路走来。感谢这份特别的缘分，感谢《南方日报》！

（作者系中国评论家协会会员、广东省作家协会第九次代表大会代表、广东网络作家协会理事）

“海风”轻轻地吹

——我和《南方日报》副刊的情缘

□ 温键键

作为一个改革开放初期曾在广州求学的学子，《南方日报》的大名是久闻于耳的。在中山大学的阅报栏里，这份以毛泽东主席亲笔题写的四个遒劲大字为报头的报纸，亦曾告知过我们很多新闻与新知。但真正与《南方日报》结缘，是在 20 世纪 90 年代中期——距今也有 20 多年了。

彼时我还在南京一家隶属于央企的学院工作，文学便成了我仰望星空时的北斗、心中的一盏渔火。也是因为文字的缘故，与南方日报副刊的编辑们结缘，此后我的文字时或在《海风》上登载。版面设计清新、飘逸，内容时尚而又多姿多彩的《海风》副刊，为我打开了一扇窗口，我从这扇“海风”轻轻吹拂的窗口，看见了外面的世界，看到了南中国宽松、丰富，既有生活气息又具文艺范的各色笔墨。当时，为《南方日报》写稿与在闲暇时品读《海风》，都是令我身心愉悦的精神生活。她给了我徜徉于诗与远方的一只文学的援手，令我能够超拔于彼时琐碎却又空虚、一地鸡毛的现实生活，这是一种精神救赎的力量！这种力量，使得我这样一个在生活中平凡、忙碌，并与诸多失意并肩而行的女生眼中有光，心中有亮，保有一个为理想奋斗的灵魂！如今，搬家数次，我还保存着近20年前的《南方日报·海风》副刊。

21世纪初，为了那盏心中的渔火，借着一个巧合的机缘，我们全家从南京南下回到广州。当时中山大学的北门广场建成伊始，中大北门从原来的北门中大码头恢复成了中大正门（历史上北门曾是中大的主校门）。我们系的“系宝”黄天骥老教授专门为此撰写了铭记，与中大校训“博学、审问、慎思、明辨、笃行”赫然立于北门入口的围墙石碑。此时，应编辑之约，我采写了一篇中大北门的文字。为这篇文字，我专门到中大的北门广场实地走访多次，记叙了北门广场的建成与风貌，还回忆了我们当年毕业告别时，我们班唯一的东北女生从此处搭船离校，我们依依不舍，全班相拥哭别的场景。这篇文字得到了不少友人的好评，让初到广州而茫然无绪的我，仿佛再次登上这艘熟悉的客船，并在船上找到了自信与从容！

2003年“非典”肆虐，我当时所在的单位也因为经营等问题一度跌入低谷，小环境与大环境均是一片“黑云压城城欲摧”的悲催气氛。在一片愁云惨雾之中，我突然收到南方日报社发来的参加优秀通讯员颁奖会的邀请函。毫不夸张地说，这份邀请函是我当时生活里一抹最亮的颜色！我萎靡不振的心情顿时振奋起来！记得那时早上总是要过江湾桥下的江堤去晨运，那天经过江湾酒店地下的落地玻璃窗时，我看到一个挺胸扬眉、精神抖擞的身影，一时都没认出这就是自己的身影！

这几个细节及其背后的故事，我一直都难以忘怀，也因此对《南方日报》深怀感恩！因为这份报纸曾在我人生一些失落的节点以热情之火点亮了我的心灯，以温暖的手引领我继续前行！此时我想说的是，有时这些看似不具有实用实操价值的优秀文艺作品，往往能以温暖文字抚慰人们的心灵，有着激励人生、唤醒精神、救赎灵魂的力量！这些文字曾给每一个为文的作者、阅读的读者带来力量，激励他们砥砺前行！作为亲历者，言语难以表达我的感激于万一，我再次为《南方日报》的副刊点赞！并将此小文献给《南方日报》70 周年的生日，祝福她健康长寿！

（作者系广东省作家协会会员、广东经济出版社编辑室主任）

《南方日报》为我圆梦

□ 郑贱德

说起《南方日报》，我可有一辈子的感激，因为她改变了我的命运，圆了我的大学梦、作家梦。

1968 年 12 月，我从湖南邵阳下乡到海南岛东升农场（后改编成广州军区生产建设兵团一师四团）当知青，因为我从小的理想是当一名记者，成为一位作家，下到连队后我就自告奋勇办黑板报，在墙上写毛主席语录。有一次，团政委主任下连队检查工作，看到我编写的黑板报，发现了我写作的才能，便把我调到团政治处当报道员，于是我与新闻写作结下了不解之缘。写新闻报道多了，我便学着写小说、散文，一年总有几篇文艺作品见诸报端。久而久之，我把投稿的目标转向《南方日报》。

1975 年 12 月，正是我下乡当知青的第七个年头，我写了一篇以知青生活为题材的散文《新的考卷》投给《南方日报》。一周之后，我竟然接到了南方日报社一位编辑的电话："你写的《新的考卷》我们收到了，有一定的基础，请你来报社修改此稿。"领导一听是南方日报社打来的电话，立即批准，并答应报销往返车船费。当时，我仿佛是在做梦，自己的一篇习作装进信封，贴了八分钱邮票，竟然马上得到回音，让我赴广州改稿。

我坐船到了广州，接待我的是文艺部的编辑李孟昱（后任南方日报社社长），他热情地把我安排在报社招待所住，并拿出饭票和夜餐票给我。把我安顿好后，我们坐在招待所的床上就开始交谈，他说："你写的稿，我认为有一定的基础，但还须打磨，你就住下来，好好修改。"并告诉我，如果晚上加班，还可以拿夜餐票去食堂吃夜宵。当时，我好感动，我只是一个普通知青，他为了培养青年作者，不但把我从千里之外叫到广州，还一切安排得那么周到。我一定把稿改好，争取发表。

在改稿的几天里，我才慢慢知道，李孟昱是中山大学中文系毕业的，还是我邵阳老乡。在他的精心指导下，我反复修改，一篇5000多字的散文《新的考卷》终于在1975年12月21日《南粤》副刊以整版的篇幅发表了，还配有插图。当我拿到散发着油墨香的报纸，我流泪了。一个资深编辑对一个普通知青是这么关心，这么负责，我感受到家人一样的温暖。

更大的奇迹还在后面。1977年12月，平地一声惊雷，高考恢复了，我马上报了名。我分析了自己的情况，当时是考四门：语文、政治、数学、历地（历史和地理）。数学是我的弱项，语文和政治是我的强项，必须拿高分。在考试前几天我把发表在《南方日报》《海南日报》等报纸上的文学作品全部背熟，希望一旦遇到适合的作文题就能把这些作品顶上去。考语文那天，我打开试卷，一看作文题是"大治之年气象新"，我立刻想到了《新的考卷》，立刻以此文为基础，稍作修改，一气呵成。走出考场后，我心里十分踏实：天助我也，这篇在《南方日报》上发表的文章成了我高考的作文。

公布成绩时，我语文拿了89分，政治92，历地78，数学61，总分320，被华南师范学院录取了。就这样，我带着《新的考卷》，走进了新的考场，走进了大学。

更让人高兴的还在后边。上大学后，我认识了广州军区创作组组长、广东省作协副主席肖玉。几次打交道后，我邀请肖玉去学院作文学创作讲座，那天学院派车让我去接肖玉，肖玉关切地问我：“你发表多少文艺作品了?”我腼腆地回答：“已经发表十多篇了。”肖玉马上说：“那可以申请加入我们省作家协会了。”我马上问：“加入省作协要哪些条件?”肖玉说：“能在省以上报刊发表十来篇文艺作品就够条件了，由两个作家介绍就行了。”我说：“这个硬件指标我是达到了，但我不认识作家。”肖玉笑了笑：“我当你的介绍人嘛，你把发表的作品整理好，送到我办公室。”第二天，我立即整理已发表的文艺作品，在《南方日报》发表的5000字的整版散文《新的考卷》，我排在第一页送给肖玉。

1980年3月6日，我接到了广东省作协的一封信，打开一看，竟然是批准我加入省作协的通知!

当晚我一夜未眠，我的作家梦实现了！当时，一位大三学生加入了省作家协会在华南师范学院成了爆炸新闻。上大学后，我继续给《南方日报》写稿，是报社的特约通讯员，先后在《南方日报》发表了《胶乳滴滴》、文艺评论《细节描写的典范》等许多文学作品和新闻作品，曾获得“优秀通讯员”称号，社长丁希凌还为我颁了奖。

大学毕业后，我先后在两所大学任教，最后调进了深圳报业集团，直至退休。回顾一生，在《南方日报》发表的《新的考卷》竟成了我人生的转折点，李孟昱老师是我人生遇到的贵人，《南方日报》改变了我的命运，我一生都感激《南方日报》。

（作者系深圳市新闻工作者协会副秘书长）

不解之缘

□ 崔国华

都说岁月如流。可不，一晃，已是古稀之年。真巧，本人正好与《南方日报》同龄。回首往事，感慨良多。然而，最让我难忘的是，此生有幸与《南方日报》结下不解之缘。

那是2014年7月23日，我写的微小说《隐形手套》，作为省纪委、南方日报社、省作协联合举办的“廉洁广东行·微小说”全国征文大赛的参赛稿，在《南方日报》该征文大赛第一期头条位置发表，后获大赛一等奖，令我受宠若惊。2015年1月27日，我与惠州市小小说学会会长申平一起，应邀前往南方日报社参加获奖代表座谈会，偶遇一熟悉的南方日报老报人，他半开玩笑地对我说，几十年了，你还为报社写稿，今天又来参加座谈会，真是与咱报社有缘呀。

老报人的话，一下子打开了我记忆的闸门，与《南方日报》结缘的一桩桩往事，又历历在目：

早在20世纪70年代，我在惠东县白花公社党委办公室当资料员，工作之余，常学写些新闻稿，几经努力，时有在《南方日报》刊发的“豆腐块”文章。几个春秋过去，当时的县委报道组将我坚持业余写新闻稿件的所谓“事迹”，写了篇通讯，在南方日报内刊《南方日报通讯》上发表，使我深受鼓舞。转眼到了20世纪80年代，我在县委当新闻秘书，经常为南方日报写新闻稿，陪同南方日报记者下基层采访，协助报社做好通联工作，曾连续三年被南方日报评为“优秀通讯员”，后被评为“模范通讯员”。不久，我在县委办公室任职，南方日报仍聘我为特约通讯员。

尤其让我感动的是，我任新闻秘书期间，南方日报每年都把全省新闻秘书请到报社开会，请专家讲课，组织交流如何提高新闻稿件质量和做好通联工作的心得，听取我们对办报的意见和建议。我还像被赶鸭子上架似的，先后两次在大会上发言，发言稿还在《南方日报通讯》上刊登。有一次，时任南方日报社总编辑张琮出差前往汕头，路过惠东县城时，到县委县政府大院看望我，与我交谈甚欢，还询问我的工作和生活情况。说实话，一个省委机关大报的总编辑有如此的亲和力，这对一个县级新闻秘书是多么大的鼓励。到了 1994 年，我县三任新闻秘书仍然同在县委办公室工作，不时在一起商议新闻报道工作，这在全省是不多见的。那年 10 月，《南方日报》在创刊 45 周年之际，编辑出版题为《风雨同路》的南方日报新闻秘书纪念画册，还派记者来惠东为我和朱浩然、许文水三任新闻秘书拍了张照片，刊登在纪念画册上。

更值得一提的，一是 1985 年 6 月，惠东县政府在港口海龟湾设立海龟保护区，此后几年间，每年夏季，《南方日报》一版的《岭南快讯》栏目，就会刊登一则我写的保护区海龟上岸产卵的短消息。1986 年 9 月 25 日，我写的散文《海龟乐园探秘》，在《南方日报》的《岭南风采》栏目发表。1986 年底，保护区升格为省级保护区。1991 年初，保护区受到国际自然与自然资源保护同盟（IUCN）的嘉奖。1992 年 10 月，保护区升格为全国唯一的国家级海龟保护区。2010 年 1 月，中国科学技术协会批准在保护区设立全国科普教育基地。如今保护区建起了海龟科普馆、现代化海龟驯养中心，实行保护、管养、科研与人工养殖并举，成功攻克海龟人工繁殖难题，填补了我国绿海龟全人工养殖的空白。二是 20 世纪 80 年代，风光旖旎的巽寮湾是尚待开发的处女地。

1989年8月26日，我写的散文《巽寮风光撩人醉》又在《南方日报》的《岭南风采》栏目发表。2005年5月，由北京金融街股份控股有限公司、北京国华置业有限公司等单位联合投资100亿元以上的巽寮滨海旅游项目，落户巽寮湾。今天，巽寮湾已成为“广东省十大滨海旅游度假基地”“中国最美宜居宜业宜游目的地”“国家AAAA级滨海旅游度假景区”。可以说，港口海龟保护区和巽寮湾的巨大变化，是记录和见证我和《南方日报》结缘的一个缩影，也是记录和见证广东40年改革开放巨变的生动写照。

2009年冬，我已是闲人一个，南方日报仍未忘记我这个有缘人，我的29万字的新闻作品集《海华集》在南方日报出版社出版。为了延缓大脑老化之进程，我学写小小说，时有作品在《南方日报》发表。2012年2月，我还作为积极通讯员，应邀参加了南方日报的年终总结表彰会。近几年，《海风》版还发表了我的好几篇小小说。至于报社的编辑、记者对我写作上的帮扶，更是难以细述。

倘若从我20世纪70年代与《南方日报》结缘算起，已近50个寒暑，可与报社交往的一幕幕情景，至今依然记忆犹新。值此庆祝《南方日报》创刊70周年之际，我真诚地向《南方日报》说句心里话：感恩有您！

（作者系广东省小小说学会名誉副会长、惠东县人民政府原常务副县长）

致“南方”，因为有你

□ 李剑平

那是20世纪80年代末暑假的一天，我到珠三角某市一个镇的学校求职。接待我的是镇教育办的一个领导，正襟危坐地打量着我，仿佛一眼就可以把我看穿。我忐忑不安地递上求职简历，虽然我曾经的教学业绩不错，但也没有绝对的把握。他快速地浏览完简历，简单与我聊了一些教育教学的话题，但不置可否。然后从身后拿出一份《南方日报》，指着副刊版的一篇散文对我说：“你准备两分钟，然后把这篇散文朗读一遍。”于是，我拿起了这份颇感“亲切”的报纸，对着办公室的几个人，像模像样地朗读起来。我还没有朗读完，他就点点头，并示意我停下。于是，我荣幸地被录用了。因为一篇散文，《南方日报》成全了我求职的愿望，从此，《南方日报》也成了我“一见钟情”的读物伴侣。

我一直以来都喜欢读报，就算是到新媒体读物爆炸的今天，我依然喜欢读报，而以“高度决定影响力”为办报理念的《南方日报》，又是我多年来必读的报纸之一。今天的《南方日报》，更是智慧型信息的提供者，她的不可替代的权威性、公信力与高品质的主流新闻和深度报道，深深地吸引了我。连续多次的改版创新，无论是新闻、评论，还是副刊等，《南方日报》都让我受益匪浅。记得在中学时代，我的语文老师是《南方日报》的忠实读者，他每学期都要为我们订两份报纸，一份是《中国青年报》，一份是《南方日报》，并把两份报纸张贴在教室的门上，然后用大红笔在报纸上勾画出必读的篇章。“不阅读报纸，怎么能了解现代生活，积累素材，拓展视野？怎么能提高阅读写作能力?”这位语文老师经常这样对我们说，这也是我应聘那天拿起《南方日报》而颇感“亲切”的原因。如今想来，可以说，我们学生时代的语文素养和思想涵养，很多都是来源于这两份报纸。因此，无论是在教学一线当老师，还是在区域当教研员的位置上，我都非常重视看书读报，《南方日报》成了我取之不尽、用之不竭的教育教学资源。

我业余喜欢阅读和写作，《南方日报》既是我了解天下事，拓展大视野的重要读物，也是我难得的笔耕的重要园地之一。记得 20 世纪 90 年代初，我发现了中小学教师女性日趋居多的问题，便写了一篇较长的通讯进行探讨，《南方日报》将此文刊发在校园版专栏上。我较早就提出了学校“推普”和方言保护如何处置的困惑，也写了一篇言论刊发在《南方日报》第二版的《言论》专栏上。2001 年 8 月，佛山民盟前往江西吉安捐资助学，扶危济困，事迹感动了很多人，我也写了一篇较长的通讯，刊发在《南方日报》第二版的头条，这条通讯在当时引起了广泛影响，被多家媒体转载。

事实上，我能够成为一个有一些成绩的业余作家，也与《南方日报》息息相关。在《南方日报》副刊发表文学作品，实属不易。看到我的文学作品，能够在《南方日报》副刊发表，对我而言，是莫大的鼓舞和无穷的动力。最重要的是，为了能在《南方日报》发表作品，我对自己的作品精益求精，希望能够写出更多更好的作品。《南方日报》副刊的历任编辑有着无私奉献的精神，他们关心业余作者的成长，在他们的鼓励和指导下，无形中也提高了我的写作能力和文学创作水平。

《南方日报》，我终生必不可少的读物伴侣。因为有你，我的人生始终富足而充实，我的明天必将多姿而多彩。

（作者系广东省作家协会会员、佛山市作家协会主席团成员）

我的南方·我的梦

□胡　鸿

每次谈起与《南方日报》的结缘，我内心常常有种莫名的自豪感和无限感激之情。最早认识《南方日报》是20世纪90年代初的春天。那时我高中毕业不久，刚刚被吸收在地区教委秘书科做“临时工”。那时，我最喜欢的工作就是报纸杂志分发了。每天当邮递员把一大沓报纸杂志送来后，我首先就在那厚厚的书报中寻找套红的《南方日报》，因为那时套红的报纸不是很多，更不要说是彩印了。我细心地端详着，难怪呢，是广东的报纸。那时作为改革开放前沿的广东是内地人非常羡慕和特别向往的地方。作为改革开放的窗口，《南方日报》自然就成为人们了解广东，寻找商机的重要渠道。

因为长期“临时工”的身份得不到解决，通过阅读《南方日报》，自己掌握了南方许多的信息，特别是各地的招工信息。有一次，在师专工作的好友对我说：“你年纪轻轻的，又有写作才能，在这里做个临时工纯属是浪费时间，还不如去南方的广东闯一闯，那里是改革开放的前沿，到处是机会，需要各种各样的人才，说不定还能有一番作为呢!”朋友的一番话，说到了我的心坎上，使我对南方充满着期待与梦想。

1995年的春节，我放弃了内地的工作，带着几张印有招聘启事的《南方日报》，只身从赣西的小城南下广东闯世界。第一站到达的是广州南方人才市场，丢下几份简历后静候消息。然而，一周过去了，半月过去了，一个月又过去了，广州方面没有消息，却非常幸运地在粤西山区的一个小城传来了好消息，我终于找到了一份小报的工作，实现了自己的“记者梦”。

1996 年初，云安县刚成立。由于工作需要，我从市区那家小报调到了县委办从事新闻秘书工作，成了一名新县建设的“拓荒者”，也成了南方日报一名普通的“编外记者”。紧张工作之余，我常常把采写云安的新闻传到《南方日报》。记得 1997 年上半年，《南方日报》开展了“我的南方寻梦”征文活动，我抱着试试看的心态，把刚来广东的所见所闻所思所想写好后寄给了报社，没想到几天后就在《南方日报》发表了，看到自己的文章被《南方日报》刊登，我兴奋了好几天，感觉到与《南方日报》的距离一下子就拉近了。后来，在南方日报领导的关心支持和当地记者站的帮助下，每年我都有一两次参加报社的业务培训和有关会议的机会，每年都有大小不同的稿件在《南方日报》发表。

从 1996 年到 2003 年，自己的新闻敏感性和写作能力不断增长，还结识了许多南方日报的领导和记者编辑朋友。当然，最让我骄傲的得意之作，是 1999 年 1 月 18 日《南方日报》头版头条《“云安速度”令人惊叹》的文章，她令我终生难忘。记得当时正是亚洲金融危机和国家实施经济宏观调控的时期，也是云安新县建设比较困难的时期，云安人面对困难，不等不靠，迎难而上，苦干加巧干，在短时间内创造了多项云安“奇迹”。当南方日报记者应邀到云安采访时，也被云安干部群众的工作热忱和精神面貌所感动。经过一番深入的采写，《“云安速度”令人惊叹》终于在《南方日报》头版头条发表了。更令我自豪的是，《南方日报》还在文章旁边配发了“本报评论员”文章《精神的力量》。这是《南方日报》继“深圳速度”之后又一次提出了“云安速度”，文章发表后，在社会上引起了强烈的反响，好评如潮，云安当天的报纸脱销，报纸还没有送到，就有全省各地的朋友打来电话表示祝贺。

8年时间匆匆而过，离开新闻秘书工作岗位后，我调到了县委宣传部做副部长，主要负责分管宣传工作和党报党刊发行工作。由于长时间养成了写作的习惯，工作之余，我开始了文学创作，作品散见于《人民日报》《南方日报》《南方》《南方农村报》等报刊。2003年11月，我加入广东省作家协会，实现了自己的“作家梦”。

往事并非如烟。如今，我虽然离开了新闻秘书队伍，但《南方日报》“高度决定影响力”的办报宗旨仍然记在心头。每次看到身边20多本厚厚的剪报，翻阅自己在《南方日报》发表的“豆腐块”文章，往事历历在目，自豪之情油然而生。

转眼之间，今年喜逢《南方日报》创刊70周年，而我与《南方日报》结缘也已经30年了，过去的小伙子已经是人到中年了。30年，对于历史的长河来说是微不足道的，对于人生来说却是非常重要的一个时期。我非常珍惜与《南方日报》结下的这段友情，并将永远珍藏，永远祝福……

（作者系广东省作家协会会员、云浮市作家协会副主席）

幸好有《南方日报》

□ 彭永桂

我不是一个特别机灵的人，这在我还很小的时候，我就有了这样的认识。比如和村里的小伙伴偷偷玩扑克牌输赢地瓜干，我总能把一大口袋的地瓜干给输得精光。我搞不明白为什么我总是输，想来想去最终都认为是自己手气不好，没拿到一把好牌，但总看着小伙伴吃着赢我的地瓜干时眼神中却带着一丝说不清道不明的诡异。

工作这些年，我也不太机灵，做起事来，只会傻乎乎地、吭哧吭哧地埋头苦干，像是推着一辆沉重的板车走在崎岖的山路上。但这样也好，时间一长吧，领导和同事们大概都觉得我这个人“人畜无害”，每年党支部要评什么“年度先进”啊，部门要评什么“季度标兵”啊，大伙就常常会把这些机会让给我。许多年下来，这些花花绿绿的荣誉证书就塞满了一柜子，我都不怎么翻动它们，唯独由南方日报社颁发的“2018 年度优秀通讯员”的荣誉证书，我格外地喜欢，有时候自己偷偷拿出来看一看，然后又小心翼翼地放进去，便能满心欢喜一个下午。这里面，大概饱含着我对《南方日报》的种种情怀吧。

正如前面所说，因为从小不太“机灵”，所以文科分数一直比理科分数高。记得在初中三年级的时候，老师又让同学们写“将来想从事什么职业”的作文，我慎重地想了半天，最后确定下来是要做一名记者，理由是觉得当时的社会有许多不公，而记者是“无冕之王”，可以用手中的笔去锄强扶弱、行侠仗义。关键是当一名科学家那些理想，对于不太机灵的我，实在是难以企及。但理想终归是理想，后来可能是因为作业太多，这个想法早就被抛到了九霄云外，直到许多年之后才被想起来。

虽然没有成为记者，但我对记者这个职业依然满怀向往。说来真怪，也是命运弄人，在我工作若干个年头后，竟然从公司的生产岗位转到宣传部门，成为经常和记者打交道的人，与自己从小的理想职业的距离瞬间拉近了许多。

在宣传部门，必须要会写新闻稿，我不是科班出身，刚开始那两年，写完一篇新闻稿，最后总被改得面目全非。部门里的前辈们看着我直摇头，就差没有说：“这孩子还有救吗?”后来，他们索性丢给我一沓《南方日报》说：“这是省委机关报，稿件写得很规范，你多看看，写稿的时候就依葫芦画瓢。”

幸好有《南方日报》，尽管我不是很机灵，但我能够认认真真、吭哧吭哧地把摞起来比我还高的报纸看了个遍，后来再写新闻稿就改得少了。《南方日报》是我学写新闻报道的第一个老师。

打这以后，《南方日报》便成为我心中一块神圣的高地，每当遇到南方日报的记者老师，也是觉得格外崇拜。因为工作的原因，我先后认识了许多南方日报的记者老师，陶达嫔、江珊、朱伟良、符超军、宾红霞……有的老师已经认识了十几年，早已经从工作上的关系转变成生活中的朋友。印象最深刻的是摄影老师符超军，他的敬业精神时常感动着我。

我服务的广船国际有限公司是华南地区综合实力最强的造船企业，从 1954 年建厂至今，也已经走过了漫漫 65 个年头。作为资深的摄影记者，符超军老师也一直跟拍着广船国际发展和变迁中的点点滴滴。每一次有重要的新船下水或者是交付，只要通知符老师，他必定会来到现场。船的体形通常都比较庞大，要拍全必须要找到“至高点”才行。早几年还没有可以用来航拍的无人机，符老师每次来到现场，就往十几层楼高的大吊车上爬。我总担心他的安全，不建议他爬吊车，但他每次都是“不听话”，就要背着重重的相机和脚架爬到吊车上去，爬得满头大汗。

每当公司里面发生什么大新闻事件，第二天一早我们便会立即去传达室拿《南方日报》，而符老师拍的照片大都会刊登在当天报纸的头版，像如约而至的老朋友，很少有令人失望的时候。

符超军老师还特别爱学习，努力成为融媒体时代下的一名全能记者。无人机刚出来的时候，他第一时间学会了用无人机进行航拍，到现在还要自己做视频，令我们大呼“跟不上!”

幸好有《南方日报》，让我们身边多了这样一名良师益友。

今年是《南方日报》创刊70周年，在我的职业生涯中，和《南方日报》已经有近10年时间的邂逅，或许将来还要陪伴着《南方日报》继续前行。

都说这是一个伟大的时代，而我觉得，生逢盛世，幸好有《南方日报》。

（作者系广船国际有限公司宣传文化室主任）

与《南方日报》一同成为时代的观察者

□ 黄猛高

数一数年头，自 2005 年从事宣传工作以来，已经十多年过去了。这期间几经工作岗位的变动，所在的这座三水城也面目一新。身边的很多事物都改变了，可不变的是与《南方日报》多年的缘分，或深或浅，从未断过。

我从 2008 年开始担任南方日报佛山三水新闻秘书，有幸被南方日报评选为“十佳新闻秘书”以及“模范新闻秘书”。在我的记忆里，三水区委新闻秘书之前至少连续十年均获得了“十佳新闻秘书”奖，我的上一任新闻秘书黄杰华也获得过“模范新闻秘书”的荣誉，这几乎成了一项传统。能连年获得如此殊荣，除了历任新闻秘书对工作的认真态度，更多的是反映了三水对守好党报这一宣传阵地的高度重视。

新闻和宣传策划，是新闻秘书的本职工作。在接手这一工作之前我就了解到南方日报对稿件的高要求，所以上岗之后我也时常请教驻站记者，几乎每天都会阅读当日的报纸，揣摩报社改革的方向，研究《南方日报》近期宣传报道的重点，看看能不能找到与本地实际相结合的内容，力求接地气找活水写出亮点。当时我常与记者一起到基层采访，我自己也主动开车载南方日报记者到各镇街甚至村居深入采访，他们都称我们新闻秘书是“编外记者”，多年下来建立了深厚的友谊。

那几年，我与南方日报的记者合撰过若干篇登上重点版面的稿件，如2008年10月31日头版的《三水：建设生态时尚经济区》专题报道、2009年2月10日广东新闻头条的《珠三角首个万亩湖蓄水》等。现在回想起这些报道见报的时刻，内心仍激动不已，更多的不是稿件刊登在醒目位置的兴奋，而是借助高端平台将三水推介出去的自豪感。

地方发展，舆论先行。从传统年代的报纸，到移动互联网时代的全媒体，《南方日报》始终没有遗忘三水，并且在三江汇流这块热土上创造了诸多的“第一”与惊喜。

2007年是三水新闻工作的重大转折之年，我当时任宣传室主任一职，协同开展了很多重点工作。9月2日可谓是“三喜临门”，《南方日报·三水视窗》正式创刊，三水新闻中心落成，并且新闻工作者协会也在同一天成立了。《三水视窗》的创刊，在全省来说都是首例，开了南方日报与县区党委、政府合办视窗的先河，时任《南方日报》总编辑王春芙出席创刊仪式。

到了互联网蓬勃发展的年代，2017年12月，三水频道作为全省首批“南方+”客户端县区级频道正式上线；2019年10月，南方报业传媒集团与三水区西南街道、云东海街道等七镇街携手共建的七个“南方+”客户端三水镇街频道集体授牌，三水先行先试成为首个区、镇两级“南方+”客户端频道全覆盖的地区。这是三水与南方日报在新时代全媒体融合传播的新探索，也是珠三角区镇一级宣传舆论工作的新突破和新创举。

据不完全统计，仅2018年一年“南方+”客户端对于三水的信息传播流量就超过了4000万。近千万人通过《南方日报》、“南方+”客户端、南方网等平台关注到了三水。《南方日报》真正为外界搭建了一个阅读三水的窗口，也为“城市三水”架设了一个面向外界的“放大镜”。

在我的案头，一直摆放着《讲好中国故事》，而我与《南方日报》

结缘的这十数年，也是与《南方日报》共同讲述三水故事的十余年。从 2004 年正式开始工业化到 2015 年跻身“千亿成员”，南方日报扎根三水的采编团队，悉心经营《三水视窗》，共同见证并系统观察了城市三水的千亿跨越、城市更新与民生福祉，以媒体观察者的视野记录、梳理和诠释了三水推动高质量发展的绿色崛起之路。

2016 年，借着三水区在上一年地区生产总值超过千亿的机会，我与时任三水记者站站长的赵进以及南方日报的同人共同策划编撰了《见证三水绿色千亿——一个县域经济体的崛起之路》，跟随着记者的脚步，深入到三水这座城的“毛细血管”，再一次认识了这座熟悉的城市。

在编撰《见证三水　绿色千亿》的过程中，我们共同回顾了三水的时代挑战与突围之法。不仅有领导班子宏观上的政策规划，更多的是基层接地气的新时代变革、各镇街找寻定位的探索以及企业求新求变的奋斗。其中许多篇章既贴合实际，也生动形象，如《饮茶食饭冇（没）位，揾钱就冇（没）计》一文，借坊间戏谈歪批的一句话深入剖析了三水的地方文化与区域心态，从精神上分析了一条三水的发展之道；《老干部终于对新城竖起大拇指》一文通过三水老干部的双眼，见证了老工业区变身为宜居的新城新区的转变，从疑惑不解，到竖起大拇指，正是三水城市新梦步步实现的真实写照。

新闻是时代的记录，这些年扎根三水的南方日报记者们正是一个个鲜活事件的见证者，他们是当之无愧的时代观察者，而与《南方日报》一道，我也成为时代观察的参与者。

（作者系佛山市三水区委宣传部副部长）

我和《南方日报》结缘50年

□ 郭亨渠

在我生命的记忆中，无法忘怀的，往往不是城市的高楼大厦，也不是名山大川，而是那些散发着温暖气息、富有诗意的人和事。离开新闻秘书岗位已经20年了，我对《南方日报》的记忆却从不曾淡忘，当年的良师益友，像一幕一幕的电影，时时在脑海里浮现。

我从20世纪60年代后期起，先后担任潮阳县（市）新闻干事、新闻秘书直至退休，和报社结下了不解之缘，在《南方日报》创刊70周年之际，当年报社的良师益友如昨，似在眼前。

1969年，潮阳西胪镇革委会主任杨健生，在带领群众抗击强台风中壮烈牺牲，被省委誉为“无产阶级先锋战士”，《南方日报》拟将他作为先进典型报道。时任南方日报农业组组长张琮、理论组组长黄浩和我们一起讨论，拟定稿件的主题。张琮同志说：“杨健生说‘共产党员为了群众的利益，就是要不怕苦，不怕死’，因此，稿件重点要写他参加革命以后，特别是在关键时刻，迎难而上。”为了写好这篇通讯，张琮同志不知多少个夜晚，和我们县报道组一起，逐字逐句打磨。黑色的夜，璀璨的灯，夜色中的报社编辑部里热火朝天，当稿件敲定之后，我们无比兴奋。

当年的理论组组长黄浩和编辑刘陶同志，为了配合这一典型宣传，要求潮阳县报道组写一组理论文章。为此，黄浩、刘陶和陈培同志（当年的理论组编辑），亲自给我们上辅导课，教导我们，要写好理论文章，关键要选准一个论点和最有说服力的论据，把道理说清，让人信服，切忌贪大求全，面面俱到，导致文章不痛不痒。刘陶同志还指出："杨健生有一句名言，西胪公社有 7 万人，占全国 7 亿人口中的万分之一，在建设祖国中，要发挥万分之一的作用。"我们根据他的建议，写了《发挥万分之一的作用》的理论文章。为了写好这篇文章，刘陶同志白天忙编务，就在晚上加班，不知多少个夜晚，和我们一起反复修改稿件至通宵达旦。岁月更替，时代变迁，如今回忆起来，杨健生这个典型报道，历经 50 载的春风秋雨，却从未曾被人淡忘；杨健生的壮举，至今仍是人们学习的榜样和实现中国梦的力量。

漫长的岁月之中，《南方日报》是无声的良师，编辑则是有声的益友。20 世纪 80 年代初，李孟昱同志对我说："县委新闻秘书应是多面手，不但要学会写新闻，还要学会写更多题材，如纪实散文、速写、随笔等等。"在他和副刊编辑李钟声同志的辅导和帮助下，在完成新闻报道任务的同时，我也写了一些文艺作品，如表现农村党支书关心孤寡老人的散文《寒夜送暖》，表现山村变化的《祖屋》，展现改革开放后水乡风貌的《水乡水街水巷》和小说《三伯上圩》等，在《南方日报》副刊版上发表。这些小文，都凝聚了他们的心血。

我和《南方日报》结缘 50 年，如果说 50 年的时光是一杯茶，那么，每一滴水，每一缕香，都是生命挥之不去的氤氲和记忆。70 岁的《南方日报》，良师益友的斑斓故事，引人入胜的锦绣文章，振奋人心的新闻报道，这些记忆中的片段，都在我的生命里打下深深的烙印。

（作者系潮阳县委宣传部原副部长兼新闻秘书）

润物细无声

□尹　广

最早对《南方日报》的印象，来自电影《秘密图纸》。女特务接头的暗号是，一个女的，左手拿着一张《南方日报》。因我父亲曾在广州某大学工作过，并为我取名为“广”，所以我天生对广州有一种自然的亲切感，对影片中那张《南方日报》印象特别深。

我18岁到新疆部队当兵，在十多年的服役生涯中，曾多年从事新闻报道。部队订有全国多家报纸，我对《南方日报》情有独钟。因为受到《南方日报》的启发，我的新闻写作也茅塞顿开，稿件质量不断提升。1981年底，我被评为军区一等奖优秀新闻通讯员，所在的炮兵团被评为新闻报道先进单位，我荣立三等功。次年，我被推荐参加了军校考试，侥幸考上。毕业后，被任命到连队当排长。连队没有《南方日报》，我就利用星期天到团阅览室去翻阅。在该报上，看到广东改革如火如荼，我大受鼓舞，回去后就将广东产生的新观念、新气象讲给排里的战士们听。指导员得知后，要我给全连也讲一讲。尽管我是第一次上台讲课，尽管因紧张讲得结结巴巴，但因为内容新鲜，战士们听得津津有味。指导员特别夸奖了我。我清楚，肚子里的那点“鲜货”，全是《南方日报》供应的。

我坚持写作，从该报上看到什么，触动了我，就动笔写下来，如深圳特区推出“时间就是金钱，效率就是生命”的口号，我就联系部队战斗力，写了自己的感想，军区报纸很快就将文章刊登出来。半年后，我被抽调到师部宣传科做新闻干事。1985 年，我所在的炮兵师精简为炮兵旅，本打算转业回武汉的我，却被留在旅部机关，为了发挥我的特长，后来还调到了宣传科。

20 世纪 90 年代初，我调到广东省军区机关，每天都能看到当天的《南方日报》了，我就鼓起勇气开始投稿。我将自己在工作中所接触到的人与事，写成稿子发给《南方日报》。在编辑的指点下，我先后发表了《我省转业军人大胆“弄潮”——不少人成“百万富翁”》《转业干部到基层施展身手》《广州市扶持军转干部自我安置有新举措》《近千名进广东转业干部作出明智选择——立志远景规划建功业 投身经济建设第一线》《昔日军中“骄子”，今朝粤地“明星”》《广东省照顾安置转业干部的有功之臣》等。由于报社的关心和支持，我在军转安置宣传上小有名气了，有人戏称我为“尹记者”。我在为《南方日报》等地方报纸写稿的同时，也向军队报纸投稿。中央军委的机关报《解放军报》在头版或显著位置刊用过我写的《在改革开放的热土上奋进——对广东安置的 400 多名师职转业干部的调查与思考》《竞争，需要勇气和实力——海军某师职转业干部陈亚德竞选湛江市规划局局长》《陈亚德当选湛江市副市长》《战斗英雄杨朝芬被照顾进深圳特区安置》《转业安置政策的现状与展望》等，部队干部一片叫好，纷纷表示要在部队建功，什么关系都不如军功章硬。

转业地方后，我与《南方日报》的关系更紧密了，这是因为工作需要。我先后在市纪委、文广局、教育局、宣传部、文广新体局、人大财经工委等单位和部门工作，并担任一定的职务。自己所去的这些单位都是自己不太熟悉的，我只好边干边学，这期间，《南方日报》这位良师益友，更是给了我很大的帮助。每当我思想上遇到困惑、工作中碰到困难，我都会从《南方日报》的剪贴本里寻思路、找答案。我在认真读报用报时，还结合自己的兴趣爱好，给报纸副刊投去文学作品和书画评论，自己也由一名业余写作者，成长为中国作家协会的正式会员。

《南方日报》已成为我生活中不可或缺的一部分。它不仅帮我提高了政治站位，成为我搞好工作的好帮手，也为我拓宽了人生平台，为陶冶自己的生活情操和艺术实践提供了广阔的天地。

我想起杜甫的“好雨知时节，当春乃发生。随风潜入夜，润物细无声”。借《南方日报》70周年的大好日子，我把这首诗送给《南方日报》，表达我的谢意，并送去良好祝愿！

（作者系中国作家协会会员、广州市白云区人大财经工委主任）

来自最基层的鲜活新闻

□ 邓国珍

屈指算来，《南方日报》伴随着我走过了50多个春秋。在人生的大半旅途中，如果说精神层面有什么不离不弃的缘分，首选是《南方日报》；如果说有什么荣誉最值得自豪，那就是连续七年的南方日报优秀通讯员。

历史镜头回闪到20世纪60年代后期。秋季的一个上午，一个叫圆墩子的小山坡旁边，一所乡村小学正在上早读课。四年级课室里，班主任曾老师和全班同学静静地聆听几位学生轮流朗读课文。听完之后曾老师问："谁朗读得最好啊？"全班同学高声喊着我的名字。"那好，"曾老师说，"从今天开始，每天早读课都要念一篇报纸上的文章，作为时事政治学习的主要内容。"说完，郑重地将一份《南方日报》交到我手上，并指着一篇标题画了记号的文章。匆匆浏览了一遍后，我不紧不慢地朗读起来。这就是我阅读《南方日报》的开端。

那时候的农村中小学每年要放春夏两次农忙假，学生要跟着生产队社员到田里劳动。中间休息的时候，照例是政治学习，朗读《南方日报》登载的文章，有时候是生产队长阿坤叔念，有时候阿坤叔交给我念。阿坤叔说："听说你天天在学校读报纸，你就把田头当作课室，放胆念吧！"此时此刻，全队数十上百人静静地听着自己读报纸，心里骄傲愉快的感觉油然而生。

初中毕业后，刚满15岁的我伴随着“大寨红花遍地开”的嘹亮歌声，和全公社两千多名年轻人一道，来到离家10多公里的深山沟里建水库。建设队伍以民兵连为单位，住的是茅草寮，睡的是木条床，吃的是咸头菜。我们抱着一腔热血和顽强斗志，战严寒斗酷暑，夜以继日地在悬崖峭壁上炸石放炮修公路，在怪石嶙峋的河床上清基筑大坝。为了当好连队和指挥部辅导员，我从每月仅有的9块钱生活补贴当中，抽出2块钱订了一份《南方日报》，一份《解放军文艺》，并利用工作之余，给工地的广播、墙报、战报撰写稿件。在水库工地一干就是七八年，回到村里后，照样自费订阅《南方日报》。在村里报纸投递不方便，我就把投递地址定在村小学，指定村里的学生每天将报纸带回来。在没有薪水收入，连口粮都不够吃的年代，作为一名普通的农村青年，能够坚持不懈地自费订阅《南方日报》，在全公社可以说是凤毛麟角。

梅花香自苦寒来，不间断的看报读书和写作终于带来了回报。20世纪80年代中期，我报名参加中山大学汉语言文学自学考试，凭着扎实的基础一口气考过了20多门课程，先后考取了专科和本科的毕业证书。凭着这两份沉甸甸的毕业证书，我先被安排到中学担任高中语文老师，继而转调到党政机关工作。这时订阅报纸不用自己掏钱了，我愈发珍惜这一来之不易的条件，公务之余，更加勤奋地阅读《南方日报》，同时试着给《清远日报》《南方农村报》《南方日报》投稿。记得我第一次在《南方日报》发表文章是在1995年，那是副刊《海风》版举办的“百书颂中华”征稿。当看到自己撰写的文章《困难面前不折腰——读〈林海雪原〉》变成铅字发表出来时，激动和高兴的心情难以言表。

自此之后，给《南方日报》等报刊投稿成为我业余写稿的一项重要内容。结合工作关系，我采写的多数是新闻稿件，有时也写评论稿。我成了南方日报通讯员，经常头天晚上将稿件传真给报社，第二天就在报纸上刊登出来。稿酬虽然不多，精神享受却难以用金钱衡量。从1996年至2003年，我每年在《南方日报》发表的稿件都在二三十篇到五六十篇之间，连续七年被报社评为优秀通讯员。我所发表的《上班第一天，干部下乡去》《风风火火乡里事，忙忙碌碌地方官》等一批稿件受到广泛好评，有效地改善了当地基层干部的工作作风。由于不断发表作品和连续得奖的影响，我从英城镇党政办调到市委办担任副主任，分管新闻信息和调研工作。

1998年我到省委办学习时，抽空到南方日报社作客，报社两位版面负责人热情地接待了我。社会部副主任汤仕谋同志对我说："我这个版面每天收到的稿件看不过来，但是你的稿件我每篇必看，因为你的稿件来自最基层，写得很实在很鲜活！"与此同时，我连续三四年被省委办公厅评为优秀信息员，出席了全省党委系统优秀信息员代表会议，并与时任省委书记张德江同志合影。应该说，这和南方日报优秀通讯员的荣誉是相辅相成的。

如今我虽然退休了，新闻稿件也不怎么写了。由于网络等媒体传播的空前活跃，近年来纸质新闻受到一定程度的影响，但我欣喜地看到，《南方日报》办得越来越好，越来越新鲜活泼，版面和内容越来越好看了。所以，我依然痴心不改地订阅《南方日报》。

（作者系中共英德市委办公室原副主任）

南方的温度

□ 余玉明

岁月不居，时节如流。每当打开那张泛黄的《人民日报》，就像打开记忆的闸门，总会情不自禁想起那段与《南方日报》鲜为人知的真实故事。

2014 年的夏天，正值党的第二批群众路线教育实践活动深入开展的关键节点，我在《南方日报》上读到一则题为《夜访农家听民声，深入基层解难题》的报道后，身为乡镇公务员的我感同身受，“夜访”与“走读”，干部这两种截然不同的表现，使我陷入了深深的沉思。在日常与群众打交道的过程中，到底什么样的干部才受群众欢迎呢？干部“夜访”能密切联系群众，干部“走读”则影响群众观感。灵感就像一道闪电，从脑海里一闪而过，我瞬间从对比中找到了提倡“夜访”，反对“走读”的观点，一气呵成写出了一篇题为《多些“夜访”，少些“走读”》的小评论，抱着试一下的心态投给了《人民日报》。

做梦也没想到，这篇文章在 2014 年 8 月 11 日的《人民日报》刊登出来，而且是在《人民日报》头版的金牌栏目《今日谈》，将广东茂名在群众路线教育实践活动中的经验做法向全国推广。那张散发着油墨味的报纸，我看了又看，闻了又闻，当时的我，如同做梦一样，却比梦要真实。

第一次上《人民日报》，圆了我梦寐以求的梦想，正是源于坚持不懈阅读《南方日报》。犹如南方的八月，我充分感受到了《南方日报》给我的力量和温度。从这里感知改革开放，从这里读懂南粤群众，从这里找到做群众工作的方法，《南方日报》成为我不可或缺的良师益友。纵使工作在基层一线，每天忙得不可开交，我仍然雷打不动，坚持阅读《南方日报》。正如毛主席所说，“饭可以一日不吃，觉可以一日不睡，书不可以一日不读”。哪怕是一丁点儿时间也好，我每天都挤来阅读《南方日报》，积少成多、聚沙成塔，学以致用、知行合一。

习近平总书记指出：“善于学习，就是善于进步。”学习是最好的成长。我爱读《南方日报》，一是兴趣使然，二是工作需要。在单位负责材料工作，不学习党的理论没法做，不吃透上情没法下笔，我意识到只有不断学习才能更好地胜任工作。在平时阅读《南方日报》的过程中，我有意识地收集整理各方面素材，包括党的理论方针政策的解读、全省各地鲜活的经验做法、人民群众关注的焦点热点问题等，分门别类建立了一个丰富多彩的素材库。这样写材料时就少了“巧妇难为无米之炊”的焦虑与不安，内心多了“任凭风浪起，稳坐钓鱼船”的从容与淡定，吃透上情、摸准下情，找准切入点和突破口，写出来的材料有血有肉、有骨有魂，时常让领导感到满意。每当完成写作任务，我对《南方日报》都充满着不尽的感激，有一种“桃花潭水深千尺，不及南方送我情”的美妙之感。

读之越深，悟之越透，写之越顺。2015 年 8 月 29 日，我写的《忠诚干净担当是为政之魂》在《南方日报》的理论版《笔谈》刊登出来，令我惊喜万分。想不到的是有位大学毕业后多年不联系的女同学，竟然把这份刊登我文章的报纸拍成照片发给了我，我的内心有一种莫名的感动。更想不到的是有位党校的朋友对我说：“你这篇文章写得很好，我直接引入我到基层宣讲的课件中。”作为一名乡镇公务员，能够在《南方日报》发文章，本身就是一件很难忘的事情，更加没想到会引起身边人的关注与共鸣。后来，《“一村一站”打通基层党建“神经末梢”》等文章相继在理论版发表，成了岁月的见证和美好的回忆。这是南方日报理论部编辑老师对基层一线作者的厚爱，让我感受到《南方日报》像夏日的阳光，温暖人心，照亮梦想。

从那以后，我更加爱读《南方日报》。无论要闻版、经济版，还是评论版、笔谈版，抑或地方版、副刊版……各有各的特色，各有各的精彩。在读报的过程中，我日益注重结合实际来思考，养成学思践悟的习惯。

蓦然回首，《南方日报》已陪我走过了七个工作年头，《南方日报》即将迎来自己 70 岁生日。七十风云一纸书，记录了南粤改革开放，见证了南粤人民致富奔康，推动了南粤勇立潮头。《南方日报》，感谢您的一路陪伴，我为您点赞，我为您祝福！

（作者就职于茂名市茂南区委办公室）

因你改变，因你精彩

□钟 兴

1992 年的夏天，我正待在江西赣南的单位里煎熬着过日子。日子了无生机，单位半死不活。工资不少，伙食不断，温水煮青蛙。当时的我就是在浑浑噩噩地混着日子。我知道，人，似乎只有在绝境时才会想到别的出路。

8 月 29 日，我清楚地记得——那天下午四点半左右，我正在办公室读着《平凡的世界》，沉浸在路遥那苍凉的西北世界。

同事们仍然在办公室下象棋，我被他们的吵嚷声、争执声打断了思路。于是，我也就凑过去观看他们鏖战。棋盘下面垫着一张报纸，棋盘小，报纸大，报纸露出一角，隐隐约约地出现“人才交流会”字样。我的神经突然被“蜇”了一下，于是，我趁他们争执棋局时，轻轻地把报纸抽了出来，闪到一边。

这是一张 8 月 22 日的《南方日报》，我没有追问这张报纸如何会到我们办公室的，又如何垫到了棋盘下，因为我正激动地读着报纸上那条人才交流会信息：8 月 29 日—31 日，在广州市吉祥路举行全国人才交流会……

我一直自认为是“人才”，我不能再这样浑浑噩噩过着日子。

于是，我小心地把那张《南方日报》收好，然后，立即收拾行李，赶上当天晚上县城车站唯一直达广州越秀南汽车站的班车。第二天凌晨到达越秀南之后，我再走路赶到吉祥路人才交流会现场……

人才交流，当时，这是一个新鲜事物。内地是不轻易让人才“流动”的，更不会那么容易让你调离。于是，人才交流会的现场就是“市场”——人声鼎沸，人潮涌涌。

花县是一个广州市属郊区县，只有唯一的广花公路与这个县联通。许多人选择到省直和市直单位，然后考虑的是番禺。而我自我感觉一般，所以，第一选择就是到花县文化馆。于是，在交流会现场递交了资料及一堆获奖证书之后，我被“相中”了。

第二天，我冒着炎热，骑着借来的没有刹车的自行车，沿着当时正在扩建的广花公路，一路前行，一路堵车，一路尘土，总共骑行了两小时又十五分钟，赶到花县报到。花县文化局局长黄富林（后在广州市花都区政协副主席任上退休）见到我，他的第一句话就是：“长那么黑，还骑自行车过来的？肯定不怕苦，就是他了！”

于是，作为“人才”的我交流调动到花县文化馆。

从江西到广东，从赣南到花县，从此，我的人生因为那张报纸而改变。

人生苦短，岁月匆匆，二十多年过去了。

2014 年 5 月，我在《南方日报》上看到省纪委、省作协与该报共同举办“廉洁广东行·微小说征文大赛”。久未动笔，早已麻木的我，突然有了写作的冲动，于是，也写了一个微小说《疑惑》参与征文，该作品在《南方日报》2014 年的 12 月 10 日《海风》副刊刊登。想不到，之后，这个微小说还获得了三等奖，我还应邀参加了在南方日报社举行的“廉洁广东行·微小说”征文获奖代表座谈会，由此也认识了南方日报文体中心的编辑老师。

因为该小文获奖，似乎又激起了我文学创作的热情。2015 年我创作的短篇小说《局长住楼上》，在《南方日报》2015 年 4 月 17 日《海风》文艺副刊配评论《小字条引出的大故事》发表，当年8月，此小说获得由中国小说学会、江苏省作家协会等主办的“首届冯梦龙短篇小说奖”。《故事会》杂志把此小说改编成故事发表。

还在当年，在纪念中国致公党成立90周年之时，8月13日，我又在《南方日报》发表了4500多字的散文《历史的碎片——认知司徒美堂先生》，该文后来入选《2014—2015广东散文精选》。

2016年10月20日，在纪念红军长征胜利80周年之际，我又在《南方日报》发表散文《遵义城下哭奇男》，该文后来在《紫光阁》杂志社、中国知网等单位主办的纪念红军长征胜利80周年优秀作品征集活动中评为一等奖。

想想看，自己在最失意时，那张报纸改变了我的人生轨迹，在我沉沦的时候，我的灵魂又被那张报纸给唤醒，让我振作起来。

南方，我的南方！我因你改变，我因你精彩。

（作者系广州市花都区作家协会副主席）

一纸，风行天下

□许　锋

2004年夏天，我初到深圳。燠热的气候让我这个来自西北的汉子夜不能寐。辗转反侧之际，我翻看从办公室带回来的《南方日报》，副刊《小品》引起我的兴趣。一个整版，一篇篇精短的美文，配之以图，以文解图，以图释文，相得益彰。我兴奋得一跃而起，满地转圈，我能不能写？我能不能成为她的作者？但我没有马上动笔，我在兰州的时候也编副刊，我知道，作者的第一次投稿非常重要，是作者与编者第一次“背靠背”的交流，是第一“印象”。

经过几天构思，我写了一篇小品投给编辑。那时，我不认识她，她也不认识我，她的电子邮箱还是我觍着脸向深圳的一位文友讨的。没过多久，小品发表了，毫无悬念，也配了一幅漫画，漫画作者抓住小品故事的“核儿”，寥寥几笔，勾勒出生活“原生态”。作品第一次登上《南方日报》的版面，我满心欢喜。

但是，我知道，深圳是经济特区，位于中国改革开放的最前沿，生活中的每个人都必须全力以赴地工作，我初来乍到，更不敢有丝毫懈怠。于是，作为业余爱好的写作，我只能偶尔为之。

写得少，看得却多。那时，《南方日报》副刊有好几版，我的目光在《海风》《闲趣》《小品》《小小说》《文苑》等版面中穿梭，如同进了一家高档餐厅，看着编者列出的菜单，咸的、酸的、辣的、甜的，味道不同，但均为美味佳肴。我贪婪地品咂、咀嚼，一个异乡人的夜有了墨香相伴，从此不再孤独与寂寞。

适应深圳快节奏的工作频率之后，我又开始重操旧业。中国的报纸副刊有培养作者的良好传统，作为《南方日报》这样一张有影响力的大报，我相信，编者一定希望每一位作者越写越好，而不是越写越多但水平始终停留在第一次亮相的初级阶段。除了写生活小品，我开始琢磨小小说、杂文、随笔、散文。我也悄悄给自己定目标，要向版面的头条看齐，没上头条，说明自己写得还不够好。功夫不负有心人，其后若干年，我的随笔、杂文、小小说多次登上副刊头条，散文《永生的菩提》还登上《海风》头条，占了很大篇幅。《南方日报》副刊在全国影响很大，我的多篇小小说在《南方日报》发表后被《小小说选刊》等转载，广东省作家协会编辑出版《广东小说精选（2007—2008）》，原发于《南方日报》转载于《小小说选刊》的《原则》《举报》两文入选。2017 年 4 月 6 日，《海风》副刊发表我的小小说《换房》，国家级文学刊物《小说选刊》于 2017 年第 8 期转载。

《南方日报》是我文学之路上的贵人。

由于工作调整，2007 年之后，我在佛山一所高校从事新闻宣传工作，后来还长期担任宣传部部长。宣传工作要与媒体打交道，《南方日报》成为我日常联系的一家重要媒体。南方日报的记者工作作风扎实，新闻视角独特，近 10 年间，南方日报佛山记者站的记者们深入基层，采写了我校数十篇消息、通讯，新闻发表后，极大地提升了学校品牌影响力。特别值得一提的是，2008 年 6 月 27 日，来自地震灾区四川都江堰市的 1468 名大学生和 76 名教师在我所任职的学校举行复课典礼。这是地震灾区人数最多、时间最长、距离最远的一次异地复课行动，也是新中国成立之后规模最大的一次高校学生异地复课行动。上千名师生乘坐火车专列，跨越四省一市，经过 31 个小时的长途奔波，抵达佛山。

全国诸多报社、电视台、广播电台派出记者到现场采访，《南方日报》也在其中。6月28日，《南方日报》在重要位置发表了黄文钰和我共同采写的新闻《都江堰逾千大学生南海复课》，将这一公益之举告之于世，引起社会强烈反响。

在与南方日报记者亲密接触的过程中，很多大学生更是直接受益者。校园里有很多学生记者，有机会见到大记者，兴奋得两眼冒光。小记者跑前跑后，向大记者求取“真经”。结果是，小记者跟着大记者“沾光”，名字一个个上了《南方日报》，不仅如此，有的学生毕业后，虽然专业不一定对口，但仍义无反顾地选择从事神圣的新闻工作，这便是言传身教的示范作用。

《南方日报》是我在南方事业发展的恩人。

其实，我与南方报系的感情丝丝密密地缠绕。20多年来，我在《南方日报》《南方周末》《南方都市报》发表的文学、新闻评论、新闻照片、新闻稿件数以百篇（幅）计。我关注“南方”，她的每一次改变都让我欣喜；“南方”帮助我，萍水相逢却恩宠有加。

值此庆祝《南方日报》创刊70周年之际，我祝福《南方日报》：一纸风行，风行天下。

（作者系广州市黄埔区文联副主席、广州城建职业学院副教授）

亦师亦友南方报

□ 黄志超

《南方日报》和我有着无法割舍的情缘。她让我踏上了驶向文海的那叶轻舟，并成为我开启文学大门的钥匙，点燃我创作激情的火把。

初识《南方日报》，是在20世纪70年代中期。那时我读小学，在班主任的宿舍里邂逅《南方日报》。那时候，《南方日报》有国家时事新闻、广东本地新闻、民生热点、文艺副刊等版面。不少栏目直接聚焦百姓热点、风土人情和历史文化内容。

进入改革开放的新时期，《南方日报》多次改版扩版，经济新闻、文化新闻、国际新闻、消费理财等领域的内容，应有尽有，形式生动活泼。报纸栏目丰富，信息量大，时效性强，确实令人大开眼界，爱不释手。我深感她是一张实实在在为群众服务的报纸。

参加工作后，我更加喜欢《南方日报》了。每个栏目的文章我都喜欢读，喜欢剪。剪下来的文章，我细心地贴在剪报本里，这些文章让我受益匪浅。我还在剪报本的空白处，把好的句段摘录下来慢慢品读。至今，我积累了多本《南方日报》剪报本。1994年，《南方日报》读者心声版新辟《释疑解难》栏目，记者就读者提出的问题，进行采访、撰写报道，回答读者普遍关心的问题。我觉得这个栏目设置得接地气，群众积极响应，社会影响大。于是，我写了篇《〈释疑解难〉专栏设得好》的短文，投去《南方日报》，没想到很快就在1994年5月22日的《南方日报》刊出。那一夜，我激动得彻夜难眠！这更增添了我对《南方日报》的热爱，令我深植于这片芳草地，努力成就文学梦想。

因工作关系，我需要进行相关新闻业务实践。我每天坚持阅读《南方日报》，从中学习、领悟新闻写作的技巧，不断提高自己的新闻写作水平。从1991年开始，我的新闻作品逐步在《连州文明报》《连州报》《清远日报》《南方农村报》《南方日报》《图书馆论坛》等报刊发表。我确切感受到新闻写作的快乐！1999年，我被评为连州市文化系统“优秀通讯员”。是《南方日报》引领我走进了新闻写作的广阔天地；是她指导我成为文化战线的一名宣传干部；是她教会我许多工作经验和人生道理。

在我心中，《南方日报》宛如身边一位可亲可敬、给我启迪和教诲的良师益友。在成为一名《南方日报》“铁杆读者”的同时，我怀揣文学梦想，不断向《南方日报》投稿文学作品。功夫不负有心人，我先后在《南方日报》发表了《西岸的龙舟赛》《谒梁家水烈士纪念碑》《黄孟沾：正气永留天地间》等多篇散文、随笔，是《南方日报》为我提供了一个施展才华的平台。自己的作品能在《南方日报》占有一席之地，是因为她坚持贯彻党的文艺路线，是因为她有海纳百川的胸怀，是因为她有伯乐一样的编辑。读着一篇篇印成铅字的作品，那份欣喜、那份激动、那份自豪，岂是三言两语能道尽的！

记得收到第一份样报，是在冬天。细细品读着编辑为自己润色的作品，感动的心在寒冷的冬季里格外温暖。样报像一支祝福的歌谣，又像一瓶陈年的老酒一样芳香，给人以力量。编辑甘为他人作嫁衣裳，真是令人起敬。《南方日报》是我放飞梦想的地方。“世有伯乐，然后有千里马；千里马常有，而伯乐不常有。”这是唐代思想家、文豪韩愈在《马说》里的名句。我虽算不上“千里马”，但有幸得到“伯乐”《南方日报》的厚爱。与《南方日报》亦师亦友的多年接触中，我不断获得进步，学到了知识，在《南方日报》《光明日报》与《人民日报》（海外版）发表了一大批文学作品，出版了个人文集，逐渐成为一名作家，加入了广东省作家协会。多年来，我一直默默无闻地深爱着《南方日报》，这种爱像心跳，能触摸。是她陪伴着我度过了无数个或阳光明媚或电闪雷鸣的日子。《南方日报》就像一盏路灯，照亮了我的人生之路，促我进步。

70 年风雨洗礼，奏响 70 周年华美乐章。《南方日报》显得十分成熟而睿智，彰显南方主流媒体的迷人风采。七十载峥嵘历程，既是一代代南方日报人为崇高的历史使命和新闻事业而奋斗的历史，更是千千万万读者一路相伴、共同成长的阅读史。

（作者系广东省连州市博物馆宣教部主任）

润物最有声

□ 肖建国

唐朝杜甫在《春夜喜雨》里有诗句云："好雨知时节……润物细无声。"其意很明白，春雨给万物以大爱，而不声张，总是在悄然无声中进行。这是对大自然怀有极高的崇拜之情。但在人世间，有些爱必须通过发出强有力的声音，让人警觉，开启心智，从而明辨是非，做出正确的选择。《南方日报》评论版所刊发的文章就有如此功能，我作为多年的撰稿人员，有着深切的感受。

2000 年，我被招聘到惠州市下面一个乡镇工作。那些年，外来务工人员较多，各种各样的奇葩故事在这个小镇轮番上演。记得当时有一件小事，轰动了整个小镇。大致情况是这样：有对外来务工青年男女，在一家公司里相识相爱，到洞房花烛夜时，男人脱光衣服，竟吓得新娘子哇哇直哭，吵着要离婚。原因是男人身上文满了张牙舞爪的刺青……我听到这个消息后，进行了采访，除写了一篇通讯稿之外，还写了《人"身"要自重》的小言论。当时我想，这篇稿子若能在大报上刊登就最好，这样就可让更多的年轻人知道文身带来的严重后果。我抱着试试的心态，把稿子投给了《南方日报》。说句心里话，投给广东第一大报，我是没抱希望的。因为这里有众多的"名记"，有众多的"特邀通讯员"，有多到用不完的稿件。我一个业余写手，编辑能拆开信封（当时用信封邮寄）看看就算不错了。

然而没想到的是，一个多星期过后，我那篇稿子被刊登出来了，并且收到编辑的回信和寄来的样报。信中，话不多，但字字温暖：稿子很有特色，已刊用；希望今后多写一些有生活特色的新闻故事和小评论来。回信落款有日期，但没有署名。我想，这就是南方日报的全体心声吧。

从那以后，我把评论版的文章当作指导工作的参考书，当成起草各种文件的资料库，活学活用，公文写作水平有了明显的提高。同时，也把自认为写得好的稿件投给《南方日报》。在乡镇工作的六年里，我陆陆续续在《南方日报》评论版发表了20多篇评论文章。我的成绩得到了市委宣传部门的高度认可，而且每年评比优秀新闻宣传工作者，我都是名列前茅。

2006年，因写作成绩突出，我被调到惠州市惠城区委办公室，主要负责起草各种大型材料和调研报告。为适应新岗位、新要求，我把《南方日报》重要的评论文章都剪辑下来，粘成小册子，放在案头，用其理论指导我们的实践。同时，也把基层的不良现象写成评论文章，在《南方日报》发表，让闻者足戒。

记得是2010年的时候，我看到有单位门口的减速带铺得过多、过长，骑单车的人若不小心，就会摔跤，故希望单位能缩短减速带的长度，两边留出稍宽一点的位置，方便其他行人通过。可单位说，他们管不了，要找城管局；电话打到城管局，城管局说要找交通局；到了交通局，又说要找地方政府……转了一大圈，竟然没有一个单位管。我想，诸如此类的事情不知道还有多少，与其一个个找单位来解决，不如让这事曝光。让所有单位都知道小事不小，只有共同担起应尽的职责，才不负人民群众的期望。于是我写了一篇《上访都是推诿惹的祸》的评论文章，刊发于当年12月29日《南方日报》理论版上。

该文章出来以后，得到惠州市委一位领导的高度重视，他直接要求有关部门迅速整改，并说："如果连老百姓的小事都搞不好，我们还能办什么大事?"仅仅隔了一天，三条减速带变为一条，路的两边也留出了足够的宽度，让骑单车的人顺利通过，不再提心吊胆。

像这样的事情还有很多，都是借助《南方日报》的平台，去除了一些积弊，改进了工作，受到群众的赞扬。据不完全统计，我至今在《南方日报》发表评论文章近百篇，这不仅锻炼了我的写作能力，提高了我的辩证思维能力，也让我有了意想不到的收获。2016 年，我被惠州学院聘为客座教授，主讲实用文体写作课，我把如何写好评论文章作为授课内容之一，深受大学生们的喜爱。我曾对每一届学生说："你们要用你们的口、用你们的手，敢于坚持真理、敢于抨击邪恶，这才是我最好的学生。"

（作者系广东省惠州市惠城区委办公室资料员）

我的底气，源于《南方日报》

□ 朱立中

1958 年，我 12 岁，在家乡台山县三合中学读初二。因在小学跳了级，全班我年纪最小，也最具初生牛犊不怕虎的棱角。时值“大跃进”，课本一律“休眠”。上学怎能不上课？我困惑，继而不满，进而想呐喊。此时，脑海中亮出初心崇尚的《南方日报》。思及孤掌难鸣，我背着老师发动同学——用我们班的名义，写信给《南方日报》，抗议学校无限期停课。群情燃烧之际，一封由我执笔的信，经全班同学签名后寄出。过了十多天，《南方日报》刊登了一篇综合报道，批评三合中学和其他停课的学校。在破天荒的自发班会上，我捧着那份《南方日报》，朗读那篇报道，稚气未脱的嗓音，引发长串炮仗爆炸般的掌声。很快，三合中学复课。我为笔下的文字登上《南方日报》而振奋，“鼓足干劲、力争上游、多快好省”地超前自学，追回停课的光阴。

1963 年，我在台山侨中高中毕业，因各种原因不能继续升学，只能回乡“修地球”。逆境中，我长伴“三更灯火五更鸡”，读书兼摇笔。1972 年 3 月 6 日，我写的诗歌《小水电站发电了》在《南方日报》发表，随后诗作陆续见报，报社几次特约我去写稿。第一次，我或许由于“大乡里”（粤语，乡巴佬）模样，在广州公交车上遭扒窃，丢了 20 多元和 20 多斤粮票。时任南方日报文艺部编辑李孟昱和谢望新闻讯，像亲兄弟一样安慰我，马上代我向报社申请临时补助金，并赠送自己节省的粮票，我抑不住热泪盈眶。

《南方日报》为我“扬名”后，拙笔受多方关注。台山县文化局借调我组建县“三结合”文艺创作组，负责编辑刊物《台山文艺》，并为台山县粤剧团创作上演节目。佛山地区文联选我成为最年轻的会员，还选拔我参与重点戏剧创作。广东省文艺创作室邀请我出席革命歌曲评选会议，会后同几位歌词作家一起，琢磨所有上送文化部歌曲的歌词，同时破格委我要任——填补重大主题空白，赶写歌词《全国人民团结战斗》（后来《南方日报》和《广东文艺》都刊登了这首歌词），由作曲家谱曲上送。1976 年，我进入三合公社文化站，当上社办干部。1988 年，被特招而晋身台山报社，转为国家干部。接着，被台山市人大常委会提拔，再调进市委办公室。退休后受聘到台山市教育局，创办《台山教育》报并任总编辑，咬文嚼字又七年。

缘于《南方日报》让我在文艺殿堂“发电”，我成为广东省作家协会会员，业余创作不断长进，并以多种文体在《南方日报》吐心声。从热血少年到童心老骨，我为人为文的底气，源自《南方日报》。为不辜负《南方日报》的厚爱，我愿夕阳化朝霞，挥笔追梦拓新程，洪荒之力绽奇花。

（作者系广东省作家协会会员）

贺诗

贺南方日报创刊七十周年

□ 张汉青（诗并书）

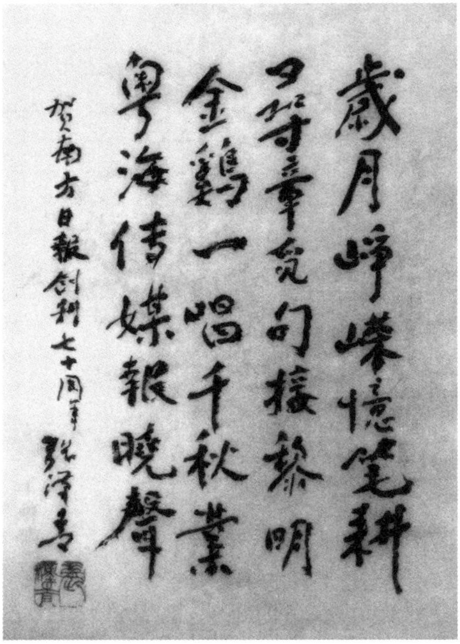

岁月峥嵘忆笔耕，
寻章觅句接黎明。
金鸡一唱千秋业，
粤海传媒报晓声。

（作者系广东省人大常委会原副主任、南方日报原副总编辑）

贺南方日报七十华诞

□ 骆雁秋

花城四季竞缤纷，
党的光辉暖粤云。
南国军民鸣礼炮，
报坛屹立领军人。
神州步伐惊天地，
中国特色四海闻。
催生改革吹号角，
开放前沿呼唤频。
功不可没齐称颂，
七十芳龄正少春。
不忘初心重出发，
开来继往建殊勋。

（作者系中共清远市委原书记，曾任南方日报特约通讯员）

七律

忆新闻秘书时光及同行

□ 黄健中

时逢改革涌神州，
少壮同人炼笔头。
碌碌耕耘凭热血，
频频报道亮明眸。
乡山冷暖常关切，
世界云雷任揽收。
传递春声青鸟乐，
韶光不负展风流。
（平水韵）

注：20 世纪 80 年代初，省委组织部和南方日报社联合下文，要求各市县（区）设立新闻秘书，负责本地新闻报道工作。作为南方日报及其他上级新闻单位的通讯员，我有幸加盟这支“新闻游击队”，并留下了难忘的工作经历与人生记忆。

（作者系中共河源市委原副书记、河源市人大常委会原常务副主任，河源县委原新闻秘书）